他的国

韩寒 著

天津出版传媒集团
天津人民出版社

序

这本书的书名灵感来自《南方周末》纪念切·格瓦拉的一篇文章，《他的国，在这个世界上不存在》。当然，这书和切·格瓦拉没有任何关系。对我来说，是第一次写出这么完整的故事。我本不想写那么完整，但是发展到最后，他们都互相联系在一起。我几欲把主人公变得很悲惨，有无数个地方都可以结尾，可以让他一无所有，失去生命，但是到最后，我没有那样做。如同这书的情节，就算你在大雾里开着摩托车飞驰找死，总有光芒将你引导到清澈的地方。

左小龙骑着他的摩托车绕着亭林镇开了三圈，因为这个下午没有任何事情可以做。昨天他听说燃油将要涨价，便在加油站加满了汽油，今天一看，涨价的是柴油，心情就有些郁闷。他首先觉得自己是做大事的人，不应该去贪图这些小便宜，这不是他的性格。但是最郁闷的是，既然决定义无反顾地去贪了，结果却是一如既往地没有贪着。

这个下午阳光高照。一切春天的感觉之所以美好是因为人总是在冬天想得比较多。这部摩托车是左小龙新买来的，花费了自己几乎所有的积蓄。这意味着不能摔车，因为没钱维修。但是左小龙从骑摩托车开始到现在从来没有摔过，他天生有强大的平衡能力，除了利弊轻重和人际往来经常平衡不好外，摩托车和自行车他从来都能完美平衡。但是自行车对他来说太慢了，在他很小的时候，已经开始开摩托，风雨无阻有事没事都要骑，千里江陵一日还。那部摩托车只开了一年，是因为到里程数报废了，折算下来等于绕了地球好几圈。

他是那么喜欢摩托车，因为他觉得那是男人力量的延伸。相信如果枪支开放，他一定拥有一支，因为那同样是力量的延伸。可惜的是，不仅枪支不开放，连摩托车都禁了。

这春天的气息浓郁得让摩托车引擎的空燃比都发生了变化。左小龙想找个地方去调整一下他的摩托车，因为没有以前快了。亭林镇是个很小的地方，很迷你——反正就是迷你，不能迷我，所以当地的有为青年都去了大城市，剩下的皆是阿猫阿狗们，不大气，不成大气候。

但左小龙觉得，他不能接受大城市。大城市虽然大，但容不下一部摩托车；小地方虽然小，但可以让你随意停。他发现路边新开了一个修车铺，开进去后缓慢放下支脚，环看四周。左手边有一个扳手，长三分米。正对着是一扇窗，窗外是他们的中央院子，院子外面放着柴油桶，可以爬上去然后翻出这个房子。右手边是清洗化油器的汽油，一米外有一包烟和打火机，打火机是有用的，因为桌子上还有个烟屁股。地上插着插座正在烧水，水会在两分钟后开。

左小龙暗自想，这环境真是太容易防身了。如果从屋子里出来的是他的仇人，在仇人抄家伙前，他可以有扳手防身；如果敌人的家伙比自己的家伙长，拿水炉砸过去，敌人肯定够呛；屋里的人被制服以后，如果外面涌来敌人的帮手，则可以用打火机点燃化油器边的汽油，用扳手砸开窗，跳出去时再一蹬柴油桶，柴油桶倒地，自己则可以翻出围墙顺利脱身。

真是很安全，在这里没人可以暗算我。左小龙暗想。

突然间背后一只手拍在左小龙的肩膀上，左小龙吓了一大跳，摩托车都差点没扶住。背后的人说道：修摩托车啊。

左小龙差点被自己分泌的肾上腺素呛到。他镇定了一下道：嗯，调整一下。这个摩托车有点慢了，我觉得是空燃比有问题。

修理工把摩托车推进了屋子，发动以后闻了闻味道，说：没问题啊。我骑一下。

左小龙略有犹豫，毕竟摩托车就像他的女人，被别人骑一骑心里肯定不痛快。但转念他又想，这就好比自己的女人患了妇科疾病，正好碰到个男医生，那也没有办法。

修理工上车以后笨拙地在屋子里掉了个头，左小龙生怕他在自己的修车铺里就撞了。但毕竟已经答应了，碍于面子也不能反悔。

修理工出了铺子以后就是一大脚油门，前轮离地一米高。左小龙看得没有想法，只以为对方在骑马。修理工就这么抬着前轮开了五十米，缓缓将前轮放下，开到了左小龙的面前，说：我知道原因了，是后轮胎压太低了，所以你觉得车有点慢。我帮你把轮胎压力调整一点就好了，但也不能打得太多，到了夏天胎压会升高得很快，容易爆胎。

左小龙还没回过神来，点了点头。

经过调整以后，左小龙的确感觉车子比原来好开很多。于是他开车前往雕塑园找大帅。这一路可以开小差，开错路也没有关系，因为他对这个地方太熟悉了。穿过了死气沉沉的人群，他来到了雕塑园。

雕塑园被废弃了很久。原来这里想做一个亚洲最大的雕塑园，虽然当地老百姓都很难理解，周边城市的人是否会驱车一百里来一个莫名其妙的地方看一些雕塑。而前期所呈现的雕塑风格也和周围化工区里的破工厂厂雕没什么区别。在这个雕塑园建设到从抽象风格向写实主义过渡的阶段，资金出了问题，政府又接管了它。这个巨大的公园里就只有废弃的简易民工宿舍和一些傻呵呵的雕塑。左小龙的职责就是看守这个雕塑园。左小龙是苟延残喘的开发商指定的看守者，而他的朋友大帅是当地开发办请来看这个雕塑园的。虽然一个是开发商，一个是开发办，且都是看守雕塑园，但区别就是，在这个地方无人问津的时候，开发商请来的左小龙等于是园长，开发办请来的大帅等于园书记。雕塑园大到快一望无际，长满了各种各样的植物，很多海鸥一般奇怪的大鸟经常从园子最中央草木最盛处扑腾而起，飞往二十公里外的海边，有些都快长成老鹰般大小。当然，就这个问题大帅和左小龙有过争执，因为大家都没见过老鹰，大帅想象中的老鹰是合理大小，但左小龙想象中的老鹰快赶上滑翔伞那么大了，后来争论的结果是左小龙妥协了，说老猫头鹰也算老鹰吧，我见过猫头鹰，就算差不多大吧。这样大家都能接受。

雕塑园里还有各种各样的动物，野兔、野狗、野鸡、野鸭都在这里被他们两人发现过。当然，不排除是家兔、家狗、家鸡、家鸭不小心到了这里以后，不注意打理自己的外表而被误会了。那些天马行空一样乱窜的到底是天生的野物还是不拘小节的家禽，这个也都没有定论，因为两人从来没有活捉过一个。但是有一天，左小龙看见了一头野猪。大帅就没有那么幸运，他基本上看见的都是野猫。不管怎么样，这个地方确实很野。

通往雕塑园有两条路，左小龙往往选择比较难走的一条。此时他就自觉是一个越野摩托车手，一切惊起的野物都被认为是其他车手，最后他赢了。所以每次他的朋友见到他都是不明原因的春风满面，那是因为左小龙把禽兽都打败了。

他找到大帅，对他说：大帅啊，我有一个想法，但我现在来不及和你说了，我有个事，我得去找一下泥巴。

说完就拧油门离开了。

泥巴是一个纯情的姑娘。其实没有人知道什么是纯情，纯情就是一种腔调。泥巴就是拥有这样的腔调。这世界上没有纯情的姑娘，只有疑似纯情。

泥巴很漂亮，不少人追求，都未遂。未遂的原因是泥巴觉得他们都不遂，要么上身不遂，要么下身不遂。泥巴看人注重精神，在她眼里，没有独特精神魅力的男人都是不健全的。

她这个性格的形成原因很难解释，一般难以理解的性格都是由难以理解的简单原因造成，连环杀人犯也可能只是因为小时候被人很痛地踩了一脚。泥巴是因为小时候看过一部电影，所以改变了她的爱情观。但可悲的是，她不记得自己究竟看过一部什么电影了。这就意味着，她没有机会再看一遍，修正自己成长中的理解错误。

泥巴喜欢画画和幻想，这两者相辅相成，消耗大量时间。她可以边画边想，也可以边想边画，可以根据自己的画再幻想，也可以根据自己的幻想画画，这么着，一天就过去了。泥巴学了很长时间的美术，以前在小学的时候和其他队员一起画画，一天他们去画一匹马，但纯情的姑娘在这个时候就显露出自己的与众不同来，所有男男女女交的作业中，唯独泥巴画的马是不带鸡巴的。泥巴说，多难为情啊。

于是，她的纯情开始被传诵。

可能，可能，很多，很多年后大家会意识到他们错了。其他人只是在写生，有一画一，有老二画老二，他们中的很多人甚至都不知道那是鸡巴，但至少泥巴已经知道了。而这居然构成了她纯情的最初证据。

泥巴走路慢条斯理，泥巴说话细声细气，泥巴的一切都告诉大家，她是一个好姑娘。她自己把自己弄成了画。

但泥巴就是喜欢左小龙。

泥巴早在学校的时候就爱上了到处溜达的左小龙，她都能分辨自己喜欢的男人的摩托车声和一般阿猫阿狗的摩托车声有什么区别，哪怕他们开的是同一款车。在泥巴看来，连引擎声都是性感的。泥巴在学校的时候最喜欢到五楼的阳台上观望前方，前面就是一个溜冰场，左小龙在那个时候喜欢溜冰——可能他觉得，溜冰至少比跑步快，所以，溜冰也是男人力量的延伸。但是泥巴还是喜欢他的白色摩托车。当时所有人的摩托车不是红的就是黑的，唯独左小龙的摩托车是白的。

左小龙成天叼着一支烟，戴着帽子，骑着摩托车无所事事。这是一种真正的无所事事，无所事事到让外人看着就仿佛是在谋划着干大事。

泥巴在一年前向左小龙表达过她的情意。泥巴给左小龙画了一张画，画里的左小龙唯一的改变就是那香烟变成了雪茄。泥巴把画递给了左小龙。左小龙正在给自己的白色摩托车充气，他接过一看说：嗯，不错，就是香烟粗了点。多少钱？

泥巴说：不要钱。

左小龙把烟掐了说：嗯，我最近穷，要钱没有，要命根子有一条。

泥巴深深低下了头。但内心想，这就是我喜欢的男人。

就是因为泥巴喜欢这个男人，所以他再说什么自然也不能构成不喜欢的因素，而万一说对路了，那就更加喜欢。此时如果左小龙说出一句，我想干你爸爸，也丝毫不能影响泥巴对他的喜欢。这就是品牌忠诚度。

左小龙问：你学画画的？

泥巴点点头。

左小龙问：你为什么画我？是因为我好画吗？我长得简单？

泥巴摇摇头。

左小龙把女孩子精心裱过的画三下折成香烟盒大小，放到兜里，说：谢了。

接着他发动了摩托车，对泥巴说：你叫什么名字？

泥巴说道：我姓倪……

左小龙从车把上取下头盔，说：姓倪？这姓真怪，我从来没听过有人姓这个，假的吧，琼瑶小说看多了取的假名字吧，这世上有姓倪的吗……哦，倪萍。行，你就姓倪吧，哈哈，泥巴。

从此以后，她就只许她的朋友叫她泥巴。

泥巴和左小龙的第二次碰面还是在一样的地方。那就是事隔一年的现在。左小龙的摩托车停稳当以后，泥巴给了他一本书，书名叫《切·格瓦拉》，下面是大大的“CHE”。

左小龙拿起书左右端详，念道：切……

左小龙问泥巴：有人姓切？这姓真怪……

左小龙继续他的拼读：车……

泥巴说：我觉得他像你。

左小龙用左边反光镜照了照自己的脸，用手掰了掰右边的反光镜，照着书上切·格瓦拉的像，皱了皱眉头，没发表意见，然后指着书上切·格瓦拉帽子上的红星说：他是中国人？哦，不对，是个外国人，他是苏联人？也不是，那就是切·格瓦拉斯基。他是谁？

泥巴说：你看了就知道了。

左小龙说：我不看书，我没时间看书。他是朋友还是敌人？

泥巴说：他算是中国人的朋友。是国际共产主义战士。

左小龙想了半晌，说：哦，那就是白求恩的朋友。

泥巴一时接不上话。左小龙把头盔扔给泥巴，说道：戴上吧，我带你去兜风。

泥巴接过头盔，戴在脑袋上，死活也系不上下巴的扣子。

左小龙说：你们这些文化人，看这么多书，连保命的东西怎么用都不知道。我来。

转身帮泥巴扣好了带子，左小龙开着摩托车载着她走。当时是春天，春天的中旬，是一个独立的气候。阳光洒满，云朵从云朵里穿透过来，空中的风就像是裙子撩动的气流。左小龙默默地载着泥巴到了一个垃圾站前，他把泥巴放下车，摘掉自己的头盔，再取下泥巴的头盔，问：你是不是言情小说看多了？

泥巴回答道：我从来没看过。

接着暂时无话。

泥巴抬起头刚要开口，左小龙直接就托住她的后脑勺给她一个长吻。吻毕，左小龙指着四周的生活垃圾，说：我最讨厌女人追求浪漫，我特地把你带到这个地方来，又臭又脏，我告诉你，不是你想象的那样，现实好残酷的，怎么样，在这个地方初吻，浪漫不浪漫？浪漫不浪漫啊？

泥巴心里想，真他妈浪漫啊。现实好酷。

左小龙继续开着摩托车漫无目的地巡航，泥巴靠着他的后背无所畏惧，两人没再说一句话。云层越来越厚重，阳光柔和到给万物勾金边。摩托车的油箱一共有八升大，这车百公里耗油三升，左小龙见到前汽油警示灯亮了，说明只剩下一升油了。开着开着，摩托车开始断油了，这意味着他们开出了二十多公里。此时，天恰到好处地黑了。

两人默默无语地吃了一顿饭。泥巴一直看着左小龙，左小龙一直看着饭菜。吃完饭后，左小龙将摩托车推到加油站加满了汽油，把大灯开启，问道：你冷不冷？

泥巴回答道：冷。

左小龙说：好，去暖暖。

左小龙把摩托车停在一间酒店门口，琢磨着看大局这里不会超过一百元一晚上。虽然剩下的钱不多，但好歹比搞一个小姐便宜。到了前台，左小龙问：多少钱？单人间。

装修得老气沉沉的前台和装扮得老气沉沉的前台小姐让环境很肃穆。酒店的墙壁上挂满了钟，意淫着酒店经常招待世界各地的客人。在这些钟里，除了北京时间是准确的以外，其他时间都是随性的。在钟表的中央有一幅画，画的内容是青松和流水，老鹰和老虎。

前台用计算器算出了一个价格，说：两百二十。押金三百。

左小龙一看钱包，只有两百二十块钱。他顿时怀疑酒店的旋转门是不是安检的X光机，客人的私密讯息已经直接发到前台了。在形势有点急迫的时候，泥巴说道：我这里……

左小龙摆了摆手，示意不用说了。他掏出全部的两百二十元，把头盔往前台上一放，说：这个头盔押给你，很值钱。

左小龙和泥巴进了房间，左小龙拉开窗帘，两人先看窗外，结果正好有人路过，一抬头，看见两个脑袋，骂道：看什么呢，看个屁啊。紧接着酒店的保安就出来劝阻，两人没交流好，直接打了起来，保安掏出了电击棍，直接向那人杵去。结果那人也没什么反应。两人愣在那里半天，谁都没见到电击棍的使用效果，一个在等自己有反应，一个在等对方有反应，楼上两个脑袋在看两人有什么反应，结果十秒钟过去了，大家都没反应过来到底有没有反应。代表邪恶的一方总是先开窍的，那人喊道：没充电啊你。然后直接抡起一掌打在保安脸上。很快聚集了很多人，警车随即赶到。

看到这里，泥巴先洗澡了，左小龙在窗边看局势，然后左小龙再去洗澡，出来的时候看见泥巴躺在床上，警灯闪烁的光芒隔着窗帘映在天花板和墙壁上。很快，救护车的顶灯也来帮助柔和警车灯光的锐利，房间里一片光辉。左小龙去拉紧了窗帘，发现远处已经起雾了，楼下的人渐渐被降下的水汽包围。

泥巴睡在被子里假惺惺地看着电视。

左小龙回头后，泥巴说道：我来例假了。

警察在下面喊道：好了好了，赶紧散了，赶紧散了。

泥巴接着说：但是没有关系。

当天晚上，左小龙送泥巴回家，大雾已经弥漫到比黑夜显得前路更无希望。有光亮可以划破黑夜，却始终没有任何事物可以划破浓雾，但左小龙的摩托车似乎可以。他们以每小时一百公里的速度开在能见度五米的雾里。泥巴紧紧抱着左小龙，安然靠着。在雾里开快车是左小龙的一个癖好，一看到外面起雾，他就赶紧把摩托车推出去，雾越浓他越开心，每次开回家都会得到劫后余生的莫大满足，有两次因为雾太大都没找着家。左小龙从来没有出国的想法，但如果要出，他一定选择伦敦，因为那里是雾都。左小龙在雾里爽了一刻钟，停下车来，他可能觉得太爽了，需要缓一缓。这场大雾可能是最后一场了，这是多么怪的气候，都快夏天了，还有大雾。

左小龙说：你知道我为什么不喜欢赌博么？

泥巴问：为什么呀？

左小龙道：你不觉得这就是最刺激的赌博么？

泥巴呵呵笑。

左小龙道：你知道我为什么不喜欢吸毒？

泥巴问：为什么啊？

左小龙道：你不觉得这比吸毒还爽么？

泥巴问：什么呀？

左小龙道：就是在大雾里开摩托车啊，很刺激的，神经就像要爆掉了一样，等停下来的时候，你不觉得浑身都很舒服么？

泥巴喃喃道：对不起哦，我刚才睡着了。

到了镇上，大雾仿佛被满街贪婪的人类吃掉了不少，能见度已经在一百米开外。左小龙把泥巴送到了家，对她说：上楼吧，你爸爸妈妈肯定不高兴看见你晚回家。

泥巴说：我和我爸爸妈妈说了，今天在同学家，不回家了。

左小龙着急道：你早不说，我把房间都退了。

泥巴说：不要紧的，我有钱的。

左小龙生气道：我怎么能用你的钱，你收着，我想办法。

左小龙其实很矛盾要不要带着泥巴度过这夜晚，因为他觉得自己并不那么喜欢泥巴，这一切就是因为泥巴太喜欢他了，而左小龙隐约觉得，世界上哪有这么便宜的事情呢，哪能让人这么如愿呢。

但聊胜于无，好歹泥巴也有三十七度的温度，用来取暖或者焐脚是绰绰有余的。左小龙考虑再三，说：成，那你跟着我吧。

泥巴问：是……跟着你么?

左小龙道：对，你就跟了我吧。

泥巴道：嗯。

左小龙说：好，那你就是我的女人了。

左小龙带着泥巴在镇上溜达，因为镇区小，所以溜达的速度也得慢点，否则很容易转晕。在路过一家杂货店的时候，左小龙停住了。泥巴问道：怎么了?

左小龙屏住呼吸，道：你听。

店里播放的是激情迪斯科，里面唱道：

姐妹出来混啊
只为钓凯子啊
凯子就是笨啊
喜欢吃闷棍啊
凯子若买单啊
给你搀一搀啊
凯子若上路啊
给你露一露啊
凯子若给钱啊
让你摸胸部啊
凯子出手阔啊
才能脱内裤啊
给看不给摸啊
憋死他再说啊

要想再深入啊
就说你行色啊
就说你行色啊
就说你行色
凯子很饥渴啊
问他要部车啊
他要给不起啊
不让他再摸啊
他要很上火啊
送到派出所啊
送到派出所啊
送到派出所

左小龙在旁边听得毛孔放大瞳孔缩小，一步上前去，对店里的老板说：老板，你得把它关了。

老板放下了手中的《某高官包养十个女学生》的杂志，道：你是谁啊？

左小龙道：你这店里放的东西让我很不爽，你宣扬的思想是不对的，我不认可，你这个是危害社会的。

老板愣了半天，道：你是城管么？

左小龙说：不是，我叫左小龙，我只是一个公民。

老板一屁股坐下，继续边看杂志边嘀咕道：吓死我了，原来是个公民。

左小龙一把夺过唱机，把音乐关了，道：你的碟我没收了。

老板不慌不忙，翻了一页，掏出手机，报了警。

警察和协警很快就到了。左小龙坐在摩托车上，泥巴不知所措地看着。警察到了左小龙跟前，问：是不是你抢他CD机？

左小龙道：你的证件呢？让我看看。

虽然左小龙确定站在眼前的是真警察，但是能让警察掏掏证，他心里还是很痛快的。

警察道：好，到所里去看吧。说着掏出了手铐。

左小龙一把推开警察，道：你知道怎么回事么？你听听他这CD里放的内容。

警察一下子愣了，政治神经立即绷紧了，想万一这是放的反动口号，岂不是抓错一个。警察立马到了店主面前，道：放。

店主懒洋洋地按了播放，迪斯科和说唱又响起。警察一直耐心地听到了"送到派出所"，琢磨了半天，转身对左小龙道：没问题啊。

左小龙提高声音道：这宣扬的思想不对。

警察满脑子只记得一句，那就是送到派出所。警察道：送到派出所有什么不对么？好了，这属于民事纠纷，算了，各自干各自的，旁边的也都别看了。

左小龙不屈不挠道：不行，这有危害啊。

警察道：有没有危害，我们没有接到上级宣传部门的通知。他在这里放，只要声音不扰民，就是合法的。

左小龙道：那他扰民了。

店老板问周围的看客说：我这音乐扰民了没有？大家觉得扰不扰？

周围的人笑着道：不扰。

警察说：你看，其实你才扰民。你要是不想听，你就放个你喜欢的，盖过他的就得了。

说完，警察一拧油门，开着摩托车离开了。协警级别稍低，开的是电瓶车，吃力地在后面跟随，还蹬两脚踏板为起步做辅助，两人消失在雾色里。

泥巴推了推左小龙，道：走吧，别管他们。

左小龙道：不行，我得管。

店老板笑道：你怎么管啊？

说完，他又按下了播放，“钓凯子之歌”又传荡开来。周围看客笑意盎然，有人劝道：小伙子，算啦。

左小龙怔了几秒，突然发动摩托车，挂入空挡，然后拧大油门。瞬间，引擎和排气管的声音盖过了音乐。店老板一愣，不想左小龙还有这招，遂加大音量，但唱片机的音量在发动机面前还是显得调不成调，非常渺小。整个街道只听到左小龙摩托车引擎的高转速声音，仿佛雾气都被驱开了一些，空气也回暖了一些。

左小龙跨在摩托车上，目光炯然，神情坚定，包括泥巴在内的所有人都诧异地看着如同雕塑一般的左小龙，一时没有了言语。

左小龙看着唱片机的方向，右手不断地催逼油门，一刻不想放松。此刻他的胸膛挺得更高，嘴角也向上勾起。

一直过了一分多钟，周围人还没能反应过来。左小龙又用力拧了一下油门，引擎的节气门顿时全开，排气管的咆哮铺天盖地，人群仿佛都被声浪劈了开来。突然间，轰一声巨响，然后是咔喇咔喇的杂音，然后烟雾从他的西风摩托车发动机处腾腾升起，摩托车仪表台上的发动机转速跌到了零，摩托车颤抖了几下后，四周一片死寂，只有唱机里在播放最后一句：送到派出所啊，送到派出所。

几秒钟后，好远处有人“哎哟”一声，倒在地上。人群开始骚动起来。大家纷纷开始问怎么回事。

左小龙蹲下身，对着发动机处看了半天，没能起身。地上已经都是机油。

泥巴问：怎么啦？我们的摩托车怎么啦？

左小龙低声说：爆缸了。

泥巴问：那为什么有个人摔倒了呢？

左小龙头也没有抬，说：我不知道。

很快，救护车到了，“哎哟”一声的那人捂着脑袋被抬上了救护车。警车又到了，一堆灯光又闪烁开来，左小龙恍惚间好像又回到了和泥巴在旅店的二楼看楼下的情景。警察查了半天，现场没查明白那人是怎么头破血流的，左小龙也没犯什么法，只不过当众爆缸而已，属于产品使用不当。警察再次驱散了人群，人们欢呼着，睡觉去喽。

左小龙蹲趴在地上，依靠着被调到最暗的橘黄色路灯的微光，摸索着把散落周围的引擎部件一片一片拾了起来，满手都是机油，然后让泥巴跑到远处的店里要了一个塑料袋，他将这些残缺的发动机瓦、活塞、曲轴、连杆等东西放进了塑料袋里。但因为金属部件周围都是棱角，塑料袋一下就穿了，这些东西又散落在了地上。泥巴说：算了。

左小龙低声道：说不定拼起来还能用呢，泥巴，你帮我找个结实点的袋子。

泥巴又飞奔去了远方，买回一个书包。左小龙把零件们都放到了书包里，拉上拉链，把手在地上搓了搓，推着摩托车，泥巴也在旁边跟着扶着，两人艰难地花了几个小时把摩托车推到了修车铺。

在修车铺的门口，左小龙说：我走不动了，我们就在这里靠一靠。

泥巴说：嗯，就靠这里吧，也挺好的。

左小龙说：我们可以在这里小小睡一下，一会儿，店铺就开门了。

泥巴问道：那我们的摩托车明天能修好么？

左小龙说：不知道，我不知道。

泥巴问道：你的车是坏了什么呢？

提起这个左小龙似乎显得不耐烦，道：发动机。

泥巴说：那就，那就把它换个新的吧。很贵么？

左小龙说：不知道。

泥巴问：你是不是很烦啊？不要紧的，我有钱的，可以帮我们的摩托车换发动机。

左小龙说：不用。

泥巴说：不要紧的么，你摩托车的发动机是我给你买的，我看见了它会更加高兴的。

左小龙说：不用。

旁边公路上正好开过一部卡车，卡车的灯光扫过左小龙的西风摩托，摩托车还在往下滴着机油。左小龙忍不住心头一酸，他觉得他最要好的伙伴快死了，眼泪差点落下，赶紧把头盔戴了起来，将罩子罩下。泥巴问：干嘛呢，大半夜的戴着头盔。

左小龙道：我打鼾，怕吵你，快睡。

泥巴起身要摘左小龙的头盔，说道：不要紧的，不要紧的，我是你的女人么，你的手脏成这样，我都准你搂着我，我来帮你摘……

左小龙打断道：睡觉。

天很快亮起来。修车铺始终没有开门，街上人群开始密集，人们一副精神模样。左小龙疲惫不堪，眼看怀里的泥巴还长睡不醒，只得再等。新到来的一天是一个阴天，因为丝毫没有要洒下阳光的模样，风把春天吹得像秋天一样，连嫩绿的叶子都落下几片，老天就像打了很厚的粉底。左小龙本来很想嘘嘘，泥巴的脑袋又压在他的膀胱位置，让他更加难受，但他见泥巴睡得投入，实在不忍心叫醒，而且觉得把泥巴叫醒后第一句话就是“我要嘘嘘”显得自己毫无英雄气概，思前想后，一筹莫展。

这时候，泥巴突然动了几下，左小龙激动得好比孕妇感到胎动，他顺势把泥巴叫醒。泥巴醒来后迷迷糊糊，张开眼睛看着四周，一脸茫然，然后聚焦到左小龙身上，嘟着嘴对他说：我要嘘嘘。

左小龙镇定道：我带你去，帮你看着外面。

两人到了旁边的转角，左小龙假装站守转角，赶紧抓紧时间方便，又赶紧收了起来，慌忙之中，还嘘到了自己手上。左小龙眼看四周没有什么地方可以冲水，又在地上搓了搓，仔细一看，昨天满手污黑的机油还被冲干净了一些。

这时候，泥巴也解决好了，披头散发走过来，问道：你不要嘘嘘么？

左小龙说：不要紧，不要了。

泥巴顿时又提升了崇拜之心。在影视节目里，偶像和英雄一般都是不上厕所的。

左小龙和泥巴来到了西风摩托前，泥巴突然伤心地问：它是死掉了么？

左小龙道：你们女人真是的，这不过是个机器，发动机不过是机器的机器，现在机器的机器坏了，那就换个机器，就跟你的圆珠笔没芯了一样。

左小龙接着问道：你该上课去了？

泥巴点点头。

左小龙问：你就这样去？

泥巴依然点点头。

左小龙说：唉，和你在一起就倒霉了，不过这不怪你。你先走吧。

泥巴问道：那你什么时候再来看我？

左小龙说：等……摩托车修好的时候吧。

泥巴连忙接话道：会不会修不好啊？

左小龙说：不会，很快的。

泥巴安心道：那你一定要很快修好哦，我这里有钱的，你让他们换个新的机器么，这样最快了。

左小龙没有回答，对着泥巴挥了挥手。泥巴回头看了两眼，又看了看摩托车，依依不舍地离开了

左小龙觉得浑身轻松很多，可以随意舒展身体了。但是摩托车爆缸了，左小龙就觉得自己的力量不够了，对泥巴也突然间失去了信心，而本来他是假装足够强大的，这部老摩托车也足够给他带来力量的，可眼前……唉，这感觉就好比印度的航空母舰沉到了海里。

经过修车铺的会诊，摩托车的引擎已经不能修复，只能换一台新的。新的发动机只能整个从市场上去找，如果再没有就从日本的旧配件市场上去买，少则一个星期，多则一个月。这台引擎需要五千元。

于是，左小龙找到了一份兼职的工作。其实看守雕塑园只需要大帅一个人就可以了，左小龙平时也是在外面瞎溜达，因为雕塑园实在是没有什么值钱的东西，唯一值钱的就是这块地，但又偷不走，平时最多也就是来几个野合者，有开汽车的和路过的，左小龙也从来不打扰，看到就绕道走。所谓宁拆一座庙，不拆一门亲，人家野合一下，只要避孕套和纸巾不乱扔，就不会对社会造成任何危害。你因为得到了一点权力就要求对方拔出，是很不人道的。但是大帅在这方面和左小龙不一样，大帅就会毫不留情地用手电锁定野合者，然后问道：干什么呢？大帅问出这句话的时候觉得自己很爽。当然很爽，人家正在有意无意地制造生命，你突然一个晴天霹雳，那就等于间接扼杀生命，杀人不用偿命自然爽。在这点上，左小龙和大帅有很大的分歧，左小龙一直觉得，这是好事，但大帅一直觉得，这必须阻止，至少在我的地盘上不行。

大帅打比方说，这就好比有天你在家里走，突然发现有人在你的客厅里乱搞，你能不能接受？

左小龙的意思是，这又不是你家。

大帅说：那这是我的地。

左小龙说：你哪有地。哪有属于你的家，哪有属于你的地。所以，算了。

除此以外，两人因为看守同一片土地而惺惺相惜，因为他们都觉得凭借自己的能力，怎么只能做一个废弃土地的看守员呢。但这其实是好差事，在这个世界上，你能和一堆不会吃你的动物在一起，而且不用喂它们，每个月还有钱拿，说明这是自然健康的职业。左小龙找到的兼职工作是在亭林镇上一家很小的温度计厂里干活，这个温度计厂的任务是——生产温度计。左小龙负责最后一道程序，就是包装和测试温度计，等于质量总监。就是把生产出来的温度计放在自己嘴里，看看是不是三十七度。左小龙的体温是正常的三十七度，这让他觉得很难过，因为他觉得自己的体温应该异于常人。以前上小学的时候测温度，班级里有一个同学常年是三十五度五，同学们都很诧异，左小龙很羡慕。左小龙在小学的时候曾经刻意营造过自己有与众不同的体温，他尝试用牙齿咬着温度计，舌头和口腔内壁不去碰到，结果还是三十七度，丝毫不差，说明他的口气都是三十七度。

为了增加工作的进度，左小龙做了一个研究，他得知腋下和肛门的温度规律，所以他经常口含五支，每个腋下各夹五支，肛门里再插上五支，他称这是把自己用到了极限。每次把温度计从身体的各个位置拔出以后，他都仔细查看温度和做工，确定无误后用纸巾一抹，包装起来，往全国各地发货。

这份工作做三个月就可以买到一个引擎。

在雕塑园里，左小龙找到大帅。左小龙说：大帅，我上次说，有件事情要找你。

大帅看着雕塑园说：我忘记了。

左小龙说：你就打算一直在这里看守雕塑园？

大帅说：我觉得挺好的，我没觉得自己有什么野心，非得干出个什么事业来，我每天什么都不用干，钱也不算少，我不想丢这个工作。

左小龙说：你不会丢这个工作，但是我们可以搞一个合唱团，这就是上次我要和你说的事。我们有地，你看，我们有地，我们弄一个合唱团，一个月后，有一个合唱比赛，我们去参加，肯定能赢。

大帅问：有什么奖品？

左小龙道：你眼光看太近，有荣誉啊，还有一帮兄弟啊。

大帅又问道：要兄弟做什么？

左小龙道：你想，我从小想做个指挥，合唱团指挥，现在有这个机会，我们有地方，我们有这么大的地，可以训练，还能发展，还有这么多弟兄，平时做什么都听你的，我……我们就把这个雕塑园搞得像一个小的国家一样，说不定还能搞出些个什么产业来，我们就能赚到钱。当然，赚钱不赚钱不是最重要的，最重要的是，这不能只有野鸡野鸭啊，这里有多么好的土壤。

大帅疑惑道：那你自己弄就行了呗，我又不会唱歌。

左小龙说：一起弄么，都是兄弟，一起来喽。

大帅坚持疑惑：你为什么死活要拉我一起弄呢？

左小龙想半天说：要不，你多孤独啊。说罢自己一身鸡皮疙瘩。左小龙死活要把大帅拉进来的原因是，他判断，大帅是个安全的人，但为了他别说漏嘴，所以必须要把他绑在一起。

雕塑园正近黄昏，各种动物的鸣叫响成一片。左小龙说：我们先要十个人，就叫亭林镇合唱团，用一个月的时间训练起来，一定没有问题。

大帅说：那人从哪里来？

两人在蛙叫虫鸣中沉默了半天。

左小龙说：这样，你看，用学生肯定会比较好一点，我们去找小学生，小学生的感染力比较强，小学生容易得奖。我们去小学门口，看看谁被人家欺负了，咱俩过去，伸张正义，把人赶跑，再要求他加入合唱团。有了组织，有了社团，就不会被人欺负了。

大帅说：可以，可以。

左小龙道：现在就走，抓紧时间，我开你的摩托车，你坐着。

左小龙重新跨上摩托，意气风发，带着大帅到了小学边上。两人守候半天，没看见一个小学生。左小龙问：怎么回事？是不是放学了？

大帅一琢磨，道：不对，今天是礼拜天。

左小龙道：上车，我们在镇上溜达溜达，把目标放长远一些，不一定非得小学生的。

两人坐上摩托车，在镇上穿梭。突然间，左小龙停车了。他把车熄火，道：听。

大帅凝神倾听。

风里传来歌声：

绿草苍苍
白雾茫茫
有位佳人
在水一方
绿草萋萋
白雾迷离
有位佳人
依水而居
我愿逆流而上
依偎在她身旁
无奈前有险滩
道路又远又长

我愿顺流而下

找寻她的方向

却见依稀仿佛

她在水的中央

左小龙说：你看，多好听，唱的还是唐诗三百首。

这歌声越来越近，一个姑娘开着小踏板路过两人面前。

左小龙说：你看，多美啊。

大帅定睛一看，说：这个女人我认识。

小的地方就是这样，一个女人若是相貌出众，在成熟之后肯定会声名远播，这个声名还不需要新闻的炒作，只靠人口传播，很实打实。这个女孩可以促进当地青年荷尔蒙的分泌，让他们的聊天话题有个落脚点，一直到她远走高飞。真正的尤物总是属于大城市的，属于全人类的，属于……反正不属于你我的。

左小龙因为听了大帅一句“这个女人我认识”，下意识地看了大帅的脸，错过了定睛的机会。但是他还有机会，因为大帅的摩托车要比这姑娘的踏板车快一些，况且他得以听了这么多句，说明姑娘开得真的很慢，这样一方面得以巡展，一方面也可以保持芳容。左小龙开着大帅的摩托车跟随了上去，镇定地超过了小踏板，看了一眼。姑娘很享受这一眼。左小龙通过这一眼也想起了她是谁，早在两年前的大礼堂，左小龙就很喜欢她，她就是黄莹。

每个男的在岁月里都存在对两个女人的幻想，一个清纯，一个风骚。当然，这得是两个女人，而不是一个女人的结合，虽然有人的确能把这两者结合得很好，但关键是，她还是一个人，而男人总是希望什么都有两个。黄莹是这样的一个姑娘。在普通人眼里，她一看就是个风骚的人，而事实上，她的确就是个风骚的人。风骚的人会让全世界所有刚和她聊过一句的人都觉得有戏，并想入非非。

黄莹是这里的交际花，在每个需要交际的场合里都会有她的出现。这个镇上，每到冬天都会有一个新年的歌舞大会，文艺是这个镇子的特色，因为这个镇子早先有一个声名远播的文艺项目——黄花村农民戏。这是一个昆剧的变种，最早起源于一九五五年，当地负责丰富群众文化生活的村姑黄小花学习了昆剧以后，将昆剧教授给当地的其他村姑。但因为黄小花天资愚笨，能力低下，音乐细胞欠缺，所以在传播的过程中产生了走样……不过话说回来，基本上新生艺术都是学习和传播过程走样的产物。村姑们都学习得很认真，并且在当年的文艺汇演中表演了一出从来没人见识过的……东西，这个山寨版戏剧倒是很贴合劳动人民的文艺现状——他们得到的永远都是走样的文艺。从那以后，这个戏曲形式马上开始流传一方，到后来，它被称为黄花戏，一度和黄梅戏齐名，被称为“双黄”，而这个村也被改名为黄花村。

这个镇子的历代领导都很喜欢“文艺”这个招牌，经常举办各种与文艺相关的比赛，并想出“文艺搭台，经济唱戏”这样的全国所有破地方都喜欢的恶俗口号。“文艺搭台，经济唱戏”怎么可能呢，这世界上只有“文艺坍台，经济唱戏”。一切都是为了附庸风雅，因为我们有太多没有特色的城镇，所以有人会绞尽脑汁给自己赋予一些特色，比如我们这里的农民会作画，我们这里的豆腐特别臭，我们这里的姑娘随便睡，我们这里的企业不交税，等等等等。这些东西可能就是狗屎，但如果是当地特有的狗屎，那这就是好东西。文艺在亭林镇就是这样的一个狗屎。

黄莹在每年的新春文艺晚会上都会出现，唱歌跳舞，深得百姓的厚爱，关键是，她没有加入当地的文化部门，所以，还不用给她钱。她也深得领导的厚爱，很少有人可以兼得民间和官方的宠爱。她只是喜欢唱歌跳舞，而且就是喜欢展露自己的身材，所以这里的人都认为她很骚。她究竟是怎样的一个人没有人考证过。追求黄莹也是一件非常矛盾的事情，一方面所有的男的都会眼红，一方面他们又会假装劝你，上这样的女人，一定要戴上避孕套。但是如果上天给他们一个上黄莹的机会，条件有两个，一个就是不戴避孕套，一个就是自己家里的老娘会折寿一岁，大部分男人还是会前赴后继的。这真是件悲伤的事情，而且这个镇的环境污染越来越重，老人的寿命越来越短，折寿一岁在人生特定的长河里虽然不算什么，但在人生特定的场合里，很可能上完回来老娘已经死了。

左小龙一直很喜欢黄莹，但这样的喜欢是一种没有预感到交集的喜欢，所以不曾放在心上。今天这样的场合遇见她，左小龙突然冒出一个想法，他对大帅说：大帅，你觉得黄莹怎么样？

大帅道：上这样的女人，一定要戴上避孕套。

左小龙说：我不是说这个，你觉得，我们把她拉到合唱团里，怎么样？

大帅道：不是说用小学生么？这样一个女的在，会不会大家芳心大乱，队伍涣散？电视剧里都是这样的。

左小龙说：不不，我们正好缺一个音部，没有这个音部，合唱团肯定不行，黄莹做这个音部，正合适。没错的。

大帅一时说不出话来，突然显得有点不好意思。半天，大帅说：小龙，你这话说的，一时太直接了，我承认，我们缺少一个阴部，但是，黄莹会不会心甘情愿呢？

左小龙道：你去说说。

大帅问：我怎么说，你怎么不去说？

左小龙道：我是团长，你是副团长，这就像导演和副导演的关系一样，演员的海选都是由副导演负责的。你去。

大帅问：那我怎么说？

左小龙说：你直接说，你就上去，对她说，我们要做个合唱团，但我们缺少一个音部，你技术很好，所以你一个人就行。

大帅还没听完就躲很远，说：我不去，送死我不去。

左小龙摇摇头，说：你看你，关键的时候，你总是不行。我来。

左小龙拧了一下油门，突然意识到自己胯下的并不是那部爆缸的西风摩托，而是一部国产摩托，顿时信心回缩，他觉得还是等自己的摩托车修好以后再去和黄莹说更加靠谱。他刹车转身对大帅说：这样吧，大帅，看缘分，一切都看缘分，如果我能和黄莹再碰到，我就去找她。

黄莹开着踏板唱着歌离他们远去。

左小龙对大帅说：吃饭去。

两人开车穿过最热闹的地方，景物逐公里地荒凉败落，这个地方所有的农民住房都被外来打工者租下，一间屋子一百元，一幢房子一年就能有额外的一万块收入。这样一来，当地人无法就业的怨恨渐渐平息，因为他们得了利益，虽然这需要和几十个不认识的人住在一个屋子里，而主人自己和他所有的东西只能挤在一个房间里。一开始这里“经济唱戏”的时候，大家都很高兴，觉得自己可以有一份体面的工作，但是因为唱戏没唱好，所以招商来的全都是一些被其他地方所摒弃的重污染化工企业，但当地人转念一想，算了，污染严重点就严重点，体面的工作是没有了，但是人家吸毒还得花钱，咱们这里免费就能吸毒。虽然我们的家园被污染了，但污染的是我们的河流和空气么，河流最终会流到别处去，空气也会被太平洋的风吹走，但钱留住了。

开满了化工企业后，这里的环境果然出现了问题，河流虽然流走了，但物种都变异了。人们惊奇地发现，这里的小龙虾长到了普通小龙虾的三倍大。人们非常惶恐，但劳动人民的智慧很快被发挥了，他娘的这不就是澳洲大龙虾么？后来经过当地见过世面的村民反映，这个要冒充澳洲大龙虾还是难了一点，估计要再被污染五年才行，但是不要紧，澳洲还有小青龙，我们就冒充澳洲小青龙拿去市场上卖。

但山寨的道路是任重道远的，很快，人们发现澳洲小青龙是青色的，但亭林变异龙是红色的，无奈，抓到这种龙虾的人们一致对外宣称，这是几内亚大虾。选择几内亚的原因是捕虾者要选择一个国家，翻开资料，几内亚因为起首字的笔画最少而排在第一位。

当然，几内亚大虾是这几天的事情，左小龙也是为数不多留在这里的青年人。当地人的工作梦想还没到一年，大量的外来打工者找到了这里，他们比当地人更能吃苦，更能耐劳，更能吸毒，而且只要求一半多的薪水，很快，当地人纷纷失业。

他们的愤怒还没有来得及宣泄的时候，当地其他的产业崛起了，那就是服务外来务工人员的行业。面对突然拥来的几万人口，当地几千人走了一大半以后，剩下的突然想到，我们可以赚外来务工人员的钱，老人可以把房子租出去，年轻人开各种店来满足这些人的日常生活和生理需要。就这样，这个镇子暂时和谐了下来。

左小龙和大帅开着摩托车经过了外来人口最多的一条马路。这里本身是国道，但是因为这里工厂实在太多，一到下班的时候，人群就会拥满整条公路，交警部门无奈只能让车辆在这个时间绕道而行，这里就成了全国唯一一段成为步行街的国道。

左小龙和大帅开着摩托车在这步行街里躲闪着人流。左小龙突然驶离了国道，开上了小路，大帅问道：你怎么了？

左小龙道：执法。

大帅一时没能听明白，泥路上崎岖颠簸，大帅又不愿意搂紧左小龙，只能紧紧抓住摩托车的座椅。

左小龙绕到了一个染料厂的后面，把摩托车停好，下车对大帅说：你看，这个三层的小楼是他们的高层住的地方，他们污染我的河，我要……

大帅问道：怎么样？

左小龙坚毅地看着小楼的玻璃，流露出视死如归的眼神，道：我要打破他的窗。

说罢，左小龙捡起一块石头，往小楼的窗户砸去，但因为射程比较远，左小龙的抛物线也不够合理，杀伤力一般，所以石头碰到窗的时候已经绵软无力，崩了一下以后掉落到了围墙里。

左小龙又捡起一块各方面条件符合的石头，对大帅说：扔石头很有讲究，我其实很喜欢这个，刚才那个是失误。你看，太大的扔不动，太小的扔不远，片状的石头容易受到气流的影响，三角的石头硌手，容易歪，最合适的就是这样的石头，椭圆形，光滑，大小……

大帅接话道：这不就是鹅卵石么？

左小龙没往下说，操起一块扔向玻璃。石头还没有接触到目标，左小龙就开始发动摩托车，道：赶紧走，可以了。

话音刚落，玻璃稀里哗啦掉一地。

大帅连忙跳上摩托车，两人在砂石路上卷起浓烟，转过一个村庄，到了一个塑胶厂后面。

这个塑胶厂的结构和刚才那个染料厂大同小异，大帅道：我来。说完从地上捡起石头，左小龙忙握住他的胳膊，说：等等。

大帅说：成，那你来吧。

左小龙道：等等，你没看见楼下有个人在扫地。等那扫地的走了再砸，要不然玻璃全插她脑袋上。

两人等了五分钟，那清洁工直接就坐在楼下台阶上休息。

大帅问：怎么办？

话虽这样问，但大帅已经做好了死等的准备，他觉得依照这样一个人的脾气，这石头是一定要扔出去才算完。

左小龙道：吃饭去。

两人来到了大毛土菜馆。大毛土菜馆是当地有名的菜馆，店主是个盲人，叫刘必芒，小时候他的父母觉得他必然绽放光芒，所以取名刘必芒，结果还真的盲了。在他瞎了以后，他很痛恨自己的名字，觉得是这个名字不吉利，所以将“必”字去除，改名刘芒。他很关心这世界正发生着什么，他很喜欢左小龙，因为只有左小龙有耐心陪他聊天，告诉他亭林镇的局势。关于世界局势和中国的局势他可以从电视上听到，但是电视里不会告诉他亭林镇的局势。后来他装了卫星电视，但是卫星电视让他心情不爽，因为他发现，明明是相同的事情，为什么从卫星里得知的和从国内电视台得知的有所区别。他不知道相信哪个好，最后，他把卫星大锅拆了，他认为应该相信自己人的。卫星大锅拆下来后，当地的警方就找到了他，警方说他是私装卫星电视。

盲店主问：卫星电视不能装么？

警察说：不能装，你没看到有告示么，贴在各个地方的宣传栏上的。

店主回答：我没看到。

警察说：这个我们要没收，还要罚款。

店主问：我装在上面的时候你们为什么不罚我呢，拆下来了还要罚我？

警察道：你装在上面的时候我以为是你们饭店的招牌，是个锅，你拆下来了我就看清楚了。

店主问：你这为什么不让看啊？

警察道：我只是执行任务，执行上级的通知，这里面肯定有不健康的东西。

店主顶撞道：那我怎么还挺健康呢？

警察笑道：你健康什么啊，你都看瞎了。算了，我就不罚你款了，你也是盲人，但你的作案工具我们就没收了。

说罢将卫星大锅装上了平时收缴摩托车用的卡车。

店主哀求道：这是我自己拆的，我是因为觉得要相信自己人才拆的。

警察看了一眼，道：自己人？

就这样，他的大锅被没收。他愤然摸索到了自己的房间。而他的保姆听到动静出门，看见警察正在装卫星大锅，以为主人不知道，连忙一边上车夺下，一边大喊“刘芒刘芒”而被处以行政拘留一天，罪名是妨碍公务并且辱骂警察。

刘芒也是顽固的排外派，认为大量的外来人口让人看着就很讨厌，把他们原来的家园搞得乱七八糟，所以他制定了一个规矩，只要是当地人凭借一口当地话去那里吃饭就可以打五折。刘芒的老婆却是个包容派，她认为本来就没有什么永远的家园，那都只是人类迁徙过程里的落脚处，只是落脚的时间长短不一而已。她为了让外地人更好地融入这里，开了一个收费培训班，专门培训外地人说当地话。他们这样一个组合真是非常奇怪，实在是无法计算他们的家庭总收入到底会多一点还是少一点。

左小龙和大帅坐定，老板正好在店里溜达，上前开门见山道：左小龙，明天这里又有个新的工厂开张了。

左小龙叹口气，道：什么工厂？

老板道：一个印刷厂。

左小龙喝道：服务员，菜单。

老板继续说：还搞了个揭幕剪彩仪式，仪式完了我这里被他们中午包场了，所以明天中午你过来吃饭的话就不行了。

左小龙看着菜单道：没事，明天中午不来，偶然来一次还吃得起，哪能连着来。

老板道：开幕仪式镇长也来，还有表演，黄莹也来唱歌。印刷厂就开在我隔壁不远的地方，你没事就到我的二楼包厢里来看，说不定还能看见剪彩。

左小龙道：我来。

他们吃完饭以后回到雕塑园，此时的雕塑园一片漆黑，里面的各种植物好似可以吸收日月光辉。他把大帅放下以后自己又骑摩托车在公路上疾驰，他深爱一个人穿破风雾的感觉，这感觉就好似孤胆英雄，正因为孤胆英雄最重要的是孤，所以身边一定是不能坐人的，当然，他没明白孤胆英雄是一个层层递进的词语，孤小于胆小于英雄。但这些都不重要，因为孤是最容易做到的。从二十公里外吹来的太平洋海风包裹着左小龙，左小龙开着摩托车一直在追逐一只疑似海鸟的鸟往东海的方向而去。这个镇离开海岸线才十五分钟的车程，雕塑园里的鸟估计也是在海上迁徙的时候落脚的。雕塑园是人类发展进程里唯一没有被毁灭的原始土地模样，虽然它没有被毁灭的原因是因为人类自己扯皮不清。这里的蚊虫虽然多，但这里的蚊虫会被青蛙和蜘蛛吃掉，而不是被喷雾剂消灭。

左小龙虽然在每拧一次油门的时候都会把大帅的摩托车和自己的西风做比较，然后唏嘘，但是他依然执着地向着……不知道什么地方开去。他只是在想，他热爱自己的家园，但如果每天能做的只是发射鹅卵石，未免太过英雄气短。但他转念一想，每个人都有自己的报仇方式，有些人报仇为了报仇，有些人报仇为了悦己。况且这些不是仇，只是恨。

左小龙没能开到海边，他开到一个巨型化工厂的生活区，在疾驰的过程中他看见有一部汽车停放得不对，把盲道给占了，他没有多加思索，用他一贯的方式贴着汽车右边反光镜擦了过去，“砰”的一声，汽车的反光镜就向着车头方向折叠了。左小龙管这些都叫执法，因为他觉得他们违反了他心中的善恶观，作为惩罚，他得把这些车的反光镜撞折过去，但是不要紧，因为车主发现后扳一下就能扳回来。但是第二次……左小龙决定第二次就不能这样轻易放过他们，问题是左小龙根本记不住认不清哪部车犯了第二次。所以，左小龙练就了一身用摩托车手柄蹭反光镜的绝技。至于为什么要蹭右边，是因为他第一次尝试的时候是蹭左边，摩托车先接触到的就是前刹车闸，所以在蹭到反光镜的一刹那，摩托车也启动了前刹车，左小龙就飞了出去，以后左小龙就学乖了，专门蹭左手边离合器的那个把手。

但这次，他又失误了，他没想到大帅的车离合器位置诡异，一撞以后把自己的手指给夹了。这一夹非常疼，左小龙当时就没法把摩托车开走，下车捂着手蹲了半天，发现受伤的是左手的中指，而且开始肿大，他一想觉得完蛋了，这次的破风之旅估计要变成破伤风之旅了。

左小龙一个手摇摇晃晃开到了雕塑园，在回去的路上，这太平洋的暖风都变凉了，吹得左手抽疼。回到了他们的住所，大帅在园里看电视。因为没有有线电视，所以只能收到固定的几个频道，但左小龙和大帅都觉得这样看电视反而更容易有满足感。左小龙把肿大的中指伸出来给大帅一比划，大帅道：骨折了。

左小龙道：我也觉得是。

大帅问：该不是摔了我的车吧？

说罢起身去看摩托车。

左小龙道：没摔到。有没有绷带？

大帅从抽屉里翻了半天，找出一些胶带，说：凑合用。

左小龙从手边的树上掰了一小截细嫩的树枝，用来固定中指，然后用胶带缠住，吃了两粒止疼药，治疗就完毕了。左小龙从小对疼痛不是很畏惧，他小时候喜欢看战争片和战争书籍，眼看着自己的四肢离开躯体对他来说都不算什么难以接受的事情。他小时候崇拜希特勒，觉得希特勒就像一个孤胆英雄，但是在看希特勒的传记的时候，发现原来希特勒只有一个睾丸，而且在被子弹击中的时候大喊救命和疼，所以心中的崇拜感顿时消失，希特勒也从孤胆英雄一下子降为孤蛋英雄。左小龙觉得是男人就不能喊疼的。

虽然真的很疼。

这个夜晚左小龙特别难熬，还有一只不懂事的蚊子在他的左手中指上叮了一口，那一口恰好叮在骨头断裂的位置，还不能挠，真是生不如死。有的时候疼好忍，但痒就不好忍了，忍着不能挠是最不能忍的。左小龙在这个时候想起了泥巴。他突然想，不知道这个小姑娘现在怎么样了。明天应该去找找她，告诉她自己受伤了，当然，是在见完黄莹的情况下。

第二天天刚亮，左小龙就醒了，他先要去温度计厂工作。为了这个工作，他要把牛仔裤反过来穿，然后把拉链拉开，方便把温度计塞到肛门里。第一批测试开始，等了三分钟后，他把温度计成品从腋下拔出一看，惊了，妈的三十九度。左小龙毫不犹豫将这支温度计塞到肛门里，拔出来一看，还是三十九度，他把刻度又甩了回去，塞到嘴里含了半天，拔出来一看，真是三十九度。这下要吃药了。左小龙是最不喜欢吃药的，他相信人类的身体可以自己解决一切问题，但出于职业道德，这个职业需要他有一个恒定的体温，他不得不吃了两片消炎药和退烧药。他真是不喜欢这个工作，但是为了摩托车的新引擎，他不得不做，到了今天他都再不愿走到那条街上再听见那首“钓凯子之歌”，不过事情还没有结束，邪恶暂时压倒了正义，邪恶继续着，正义爆缸了，这就是现状，但一切都会被扭转，在……未知的将来。

但左小龙实在不能完成装盒和测试的工作了，他只能被劝回去休息。左小龙竖着中指，拖着高温的躯体在街上低头艰难步行。突然，他想去看看自己的大摩托车，在烈日下左小龙觉得还是有点冷，他得找些事情来分散注意力。他决定给自己的摩托车取一个名字。

左小龙的脑海里冒出来的第一个名字就是“挑战者号”，但他觉得这个名字很耳熟，好像被谁用过。思前想后，出来的都是一些不能让自己满意的名字，诸如“大西洋”，不行，这个就像一个国产摩托的牌子；“所向披靡”也不好，这个“靡”字他不知道怎么写；“暗夜之星”也不好，感觉它是锦江之星的兄弟。

左小龙想着想着就到了修车铺，看见自己的摩托车被拆了散落在地上，一阵伤心。左小龙特地把自己摩托车的零件稍微往一堆归整了一下，然后默默看着，心里想，你真是可怜，连一个名字都还没有，我也没有给你上牌照，等于你连身份证都没有，你就已经被拆散了。你真是一坨无名英雄啊。

店主出来拍了拍左小龙的肩膀，想当年就是他帮这部摩托车调整的空燃比，现在却已经物是车非。店主安慰道：没有问题的，发动机帮你找到了，两天就到，你以前那台太老了，这台成色很好。

左小龙的体温瞬间回到了三十七度，但突然间想到自己钱还没凑齐，又回到了三十九度。他问：这么快，不是说差不多一个月么?

店主道：哦，你女朋友来过，说快点找，我们让广东发的空运过来。

左小龙问道：什么，谁?

店主说：那个谁，我说不出来，她说是你女朋友啦，她比你着急多了，她说你的摩托车早点修好你就能早点见她。我说你这男的也真是的，是你去泡妞又不是你的摩托车泡妞，你又不是用排气管干人家的，要等什么摩托车修好。

左小龙暗自想道，这个泥巴真是的，自己就是因为没钱才想让这车修慢点，恨不能这发动机是自己发动一下然后从广东一路走过来的，现在直接空运过来，发动机费用不说，空运费又是一笔。

左小龙道：不过我明天要出差。大概要两三个礼拜才能回来。要不我回来以后再来取。你看行不？

店主道：行。

左小龙一把搭住店主的肩膀，道：好了，我也不跟你瞎说了，我不出差，但我得等月底有了钱以后才能取，现在我取不了，你就先帮我装好弄好，然后锁起来，我也不开走，隔天来看看就成。

店主说：你女朋友已经帮你把钱付了，可能还有富余。

左小龙心中一下不能名状，他匆忙告辞，回头看了自己的西风一眼，又回到温度计工厂开工。他觉得用了自己女人的钱真是无法让人接受的一件事情，自己必须赶紧赚钱把钱还了，否则还是不能去见泥巴。所以，对于泥巴来说，见面的时间是一样的。而在这个赚钱的紧要关头，他又中指受了伤，这让左小龙很难再去找兼职，没有哪个地方会要一个成天竖着中指的员工。

到了中午时刻，左小龙来到了大毛土菜馆，找到了刘必芒。刘必芒在向东的包厢里等候。这间包厢是刘必芒亲自设计的，但是估计员工在执行方面产生了一点误会，所以居然很有非主流的风格。刘必芒的设计理念是星光，他要求屋顶漆黑，然后画上白色的星星，后来有人告诉他，画上去不太好，感觉像发霉了，刘必芒就要求索性到位，用LED灯做成闪烁的星星。一年以后，劳斯莱斯的新款跑车也使用了这个设计——星空车顶。

房间的顶是星空以后，刘必芒又突发奇想，说这样，要充分体现这个星空包房的主题，不光星星是星星，明星也是星星，所以，在墙壁上要贴满明星们的照片，而且要注意剪裁，只要他们的脸，这就能让人彻底感觉这个包厢星光熠熠。

因为刘必芒是个瞎子，而且平时不关心娱乐圈，所以这个任务就交给了领班。这个饭馆的领班和服务员都是当地人，但因为自己家里的房子都被外来务工人员租满，所以同住的时间一长，耳濡目染，深得要领。老板一吩咐要找明星的大照片贴墙，都兴致盎然，这比抄菜谱有意思多了。

一番忙碌。

左小龙进门先看见了杨臣刚的大脸，而且仿佛是把照片贴在圆桌上裁出来的一般圆，这张脸足有两米乘两米那么大，这张大脸就确定了这个包房的功能发生了变化，不能再以吃饭为主了。在杨臣刚的旁边是庞龙的脸，这两大至尊的唯一区别就是庞龙的脸是两米乘以一米九。旁边散落了不少脸，他们的脸的大小仿佛是根据手机彩铃的下载率来决定的，这些脸都没有身体依附，直勾勾地看着进房间的每一个人。

万幸的是，劳斯莱斯的新款跑车没有使用这个设计，确保了这个品牌的生命得以延续。

所有人到了这个包厢里都会情不自禁地往窗边走去，看着窗外。只有刘必芒才能视而不见地坐在沙发上和杨臣刚两人小眼瞪小眼。每次左小龙给刘必芒讲述亭林镇发生的事情的时候也基本都在这间让刘必芒很得意的包间里，刘必芒坐在沙发上，左小龙自己搬一个椅子正对着他，这样虽然可以不用看见杨臣刚，但一想到他在身后的墙壁上直勾勾地看着你，不由背脊发凉，只想一股脑把该说的全说了，实在是扛不住啊，到了这样的环境里，估计刘胡兰都想招。

总之，到了星光包厢，只有一个念头，那就是：我说，我什么都说。

在窗外，剪彩仪式正在准备中。都说人瞎了以后其他感觉就会变得灵敏，此话没错，刘必芒的听觉就很厉害，所以他对这事大致有所听说，介绍道：这个印刷厂是出版界的知名人物路金波和黎波两人所开设，叫波波印刷厂，在图书出版的过程中，他们不光想赚取出版利润和发行利润，他们突然发现，还有一笔钱也是不能放过的，那就是印刷利润。路金波每年都做安妮宝贝、韩寒等人的书，黎波他们签下了郭敬明的书和杂志，光他们自己的生意就足够支撑整个印刷厂了，所以他们要赚取在图书出版上所有的利润。当然，要除了和新华书店争夺销售利润，因为书都是五折批发给新华书店的，而新华书店属于国企，所谓国家利益大于一切，个人挣小头，大头给国家，这才是发财的正道。

左小龙叹气道：这帮孙子太黑了。

服务员端来两杯滚烫的热茶，刘必芒吹了一口喝下。左小龙看得诧异，想莫非刘必芒的触觉也失去了。窗外锣鼓喧天，腰鼓队的大妈和学生们正在奏欢迎曲，一排人坐上了主席台。此时骄阳四射，空气温热，左小龙在他们斜上方的玻璃房里端着茶看他们，油然而生一种豪迈感，他觉得电影里，决定事情走向的真正幕后高手都是在他那个位置，端着一杯液体慢慢摇晃，隔着玻璃，看着下面的一堆人卖力表演，目光长远，镇定自若，举重若轻，胸有成竹，空调设定在二十二度。

当然，影视作品里一般这样的人也是要马上被狙击枪击中的。但左小龙会在思维里屏蔽掉这一点。事情自然是多元的，但挑能用的用嘛。

突然间，礼炮毫无征兆地响了，左小龙被吓了一跳，杯子里的水不小心晃落在地上几滴。他低头一看，又吓一跳，地上还有一张明星脸，定睛一看是雪村，水滴在脑门上，他连忙用脚搓了几下，把水碾干。

礼炮之后，司仪上场。左小龙隐约听见了一些关键词：经济，繁荣，文化，唱戏，搭台。

左小龙觉得黄莹要登场了，马上告辞，下楼到了围观的人群里。一切虚假的英雄气概在马子面前都得现实一点，尤其是没有泡到的马子。

但接下来登场的是波波印刷厂的大老板路金波，左小龙非常失望。同时他发现自己置身于一堆小学生和初中生之间。他觉得很疑惑，为什么这个仪式会吸引那么多未成年人来。他来是为了听黄莹唱歌，属于“一小撮别有用心的人”，其他围观的人是当地的民工和老人们，都被纳入“不明真相的群众”，那些未成年人是来做什么的?

台上，路金波登场，下一个节目就是互赠礼物。当地的镇长代表政府送了他一个礼物，镇长说道：为了感谢这家全国最有影响力的印刷厂选择亭林镇，为亭林镇带来了文化韵味，所以，特地，政府为它准备了一个礼物……

礼仪小姐端着一个物体走上台，物体被红布遮盖，台下的人伸长了脖子，只有学生们有点不耐烦。

礼仪小姐捧着礼物走到路金波面前，镇长满面春光走来，笑意和肥肉都在脸上荡漾。在迎宾彩条下，他掀开了红布，是一台被喷涂成了金色的打印机，因为离得远，在下面的群众一时没明白过来这是什么，路金波也呆在原地一脸惊诧，气氛一时陷入不知所云的境地。在台下的镇长秘书赶紧带头鼓起掌来，稀稀拉拉的掌声响起来。镇长点了点头，路金波终于回过神来，收下了这台金色的打印机。

台下群众果然不明真相，纷纷相传道：好大的一块金砖啊。

镇长拿起话筒，说道：这是一台打印机，但是，我们特地精心把它喷成了金色，象征着我们祝愿波波印刷厂生意兴隆。特地要说的是，这个涂料也是我们镇上的大刚涂料厂生产的，这也象征着，在区委区政府的关心下，在区委区政府的领导下，我们亭林镇的经济得到了良性发展，科学发展，和谐发展，形成了一个产业链，也希望，越来越多的像波波印刷厂这样的企业来亭林镇发展。最后，我祝愿波波印刷厂，事业蒸蒸日上，能为社会做出最大的贡献！

镇长的结尾慷慨激昂，音响不能承受都发出了破音，但是在这破音里，镇长秘书依然头脑清醒，带头鼓起掌来。

群众稍微有点失望，原来不是金砖啊。

但路金波却在台上显得有点局促不安，几番欲言又止。司仪接话道：镇长说得非常好，那我们的下一个议程就是由波波印刷厂的董事长，也是著名的图书出版人，路金波先生，赠送礼物。

接着，另外一个礼仪小姐端着一个由红布遮盖的物体走上台来。她走到镇长面前停下，司仪假装幽默道：看来也是一件神秘的礼物，下面欢迎路金波先生为我们揭开这礼物的神秘的面纱。

音乐和彩带都起了。路金波有点不大情愿地掀开了红布。司仪在看都没看的情况下，职业性地发出了感叹：哇，这原来是……

等司仪看清楚，突然间不知道该说什么，四周又陷入了一片静止，镇长和路金波面面相觑，群众更是不知道他们在演哪出。

礼仪小姐手里赫然还是一台金色的打印机，连牌子和型号都是一样的。

镇长秘书连忙猫着腰冲上台去，对礼仪小姐说，拿错了，拿错了，你怎么又拿一遍这个打印机。

镇长也不满地看着礼仪小姐。礼仪小姐更是不知所措。

在天气和内心的双重煎熬下，路金波脑袋上缓缓流下一行汗水。路金波轻轻对镇长说：没拿错，我们想到一块儿去了，我准备的礼物也是这个。

台下的群众议论道：这老板是嫌我们准备的东西不值钱还是咋的，为什么又送回去了。在他们看来，这代表了他们每一个人的面子，所以刚才恨不能是公款给路金波送了个金砖，因为这是给他们长脸了。长脸才是某些老百姓的第一需求。

路金波拿起话筒，憋出急智道：哈哈……大家不要误会，这是一个小插曲，我们波波印刷厂准备的礼物也是一台金色的打印机，这是我们想了很久的一个创意，没有想到，和镇长不谋而合，真是英雄所见略同啊。这也意味着，我们和政府齐心协力，把波波印刷厂做成这里的旗帜企业的一个决心。我们有着相同的目标，相同的信心，相同的……渴望，就是为社会做出更大的贡献。

说完，路金波又滴下一滴汗，他想到，和政府一打交道，果然说话都莫名其妙喜欢用排比句了。

镇长听完，带头热烈鼓掌，秘书更是转身面对群众鼓掌带动情绪。

司仪方才也是一头冷汗，见气氛缓和，连忙打圆场道：啊，原来是这么一回事啊，真是惺惺相惜，官商……

说到这里，他又卡住了，因为他搜索了脑海里所有的词汇，只有“官商勾结”这么一个。语塞半天后，他突然开窍，继续道：官商和谐啊。

“和谐”真是个好词语，在某种场合，一切没话可说的情况下，只要用上这两个字，就一定可以逢凶化吉。

镇长眼看尴尬被化解，又拿起话筒道：这真是同一个世界，同一个梦想，同一个礼物啊。

台下所有人一时被雷住了。这时候，秘书又开始鼓掌，并且大声叫道：好!

但是明显台下被雷住的程度超乎了秘书的想象。纵然他卖力煽动，台下只有他一个人在鼓掌叫好，鼓着鼓着他也觉得有点不好意思，声音渐小。但关键时候，还是党员的觉悟高反应快，同时出席的一些领导和员工等突然苏醒，开始鼓掌，但刚鼓一下，又被那边要化解冷场的司仪的话给憋了回去：

镇长说得真是好，把这个奥运的精神和我们亭林镇的发展都结合到了一起。现在，我们有请我们的青年歌手——黄莹，为大家送上一首歌曲——《我的祖国》。

黄莹明显还没做好准备，匆忙跑上台，音乐已经响起，她还没来得及咽口水调整，就连忙唱道：

一条大河波浪宽
风吹稻花香两岸
我家就在岸上住
听惯了艄公的号子
看惯了船上的白帆
姑娘好像花儿一样
小伙儿心胸多宽广

为了开辟新天地
唤醒了沉睡的高山
让那河流改变了模样
这是美丽的祖国
是我生长的地方
在这片辽阔的土地上
到处都有明媚的风光
好山好水好地方
条条大路都宽畅
朋友来了有好酒
若是那豺狼来了
迎接它的有猎枪
这是英雄的祖国
是我生长的地方
在这片古老的土地上
到处都有青春的力量
这是强大的祖国
是我生长的地方
在这片温暖的土地上
到处都有灿烂的阳光

在歌唱的过程中，黄莹明显有点紧张，这是她第一次被赶鸭子上架般唱歌，所以一直在找一个咽口水的节奏点。但左小龙听得如痴如醉，并跟着唱道：姑娘好像花儿一样，小伙子心胸多宽广。他想到，自己的亲哥哥麦大麦对自己说过，当时有一个叫哈蕾的姑娘也这么对着他唱过这首歌，让他心动不已。麦大麦也对他唱过这歌曲，唯一的不同就是，在这片辽阔的土地上，到处是牛羊，遍地是庄稼。所以，他恨不能对他消失不见的哥哥说一句：你是错的，应该到处都有明媚的阳光。

到处都有明媚的阳光。

黄莹唱完歌，匆匆谢幕，左小龙的视线一直跟着黄莹到了后台，他只恨视线不能拐弯。旁边的学生们开始骚动了，他转头一看，吓了一跳，后面已经围了上千的未成年人，纷纷说道：

这个女人终于唱完了。

这个女人唱的是什么啊。

这什么歌啊，一点都不流行。

司仪又缓缓上台了，带着神秘的笑容。学生们也开始按捺不住。司仪说道：下面这个议程，大家一定等了很久了，是的，这次波波印刷厂还为大家请来了一位神秘的嘉宾，他就是，著名的作家和艺人，你们说他是谁?

说罢，司仪把话筒转向台下的学生们。

所有的女孩子异口同声道：郭！敬！明！

这三个字久久回荡在亭林镇的上空。当天，所有镇上的人仿佛听见了上帝的召唤。

台下的气氛已经快要爆炸，有的女学生已经开始哭泣。

司仪道：让我们再大声地喊他的名字好么，用我们的热情把他召唤出来。来，一，二，三……

四，四，小四!

很多女孩把书捧在胸口，双唇抿起，眼里满是泪水。

在腰鼓声中，郭敬明登台了。他向大家挥手。人群里的好多人开始嚎啕大哭，有人已经支撑不住，需要旁边的人搀扶。有一个人已经晕眩，靠在左小龙的身上，左小龙低头一看，长得不行，估计发育了以后还是不行，他连忙一躲，那人直接倒在了人堆里。周围所有人都在尖叫，左小龙发现，他被困住了，几千个十五岁以下的女孩在他身边涌动，只可惜他没有恋童癖，否则假装郭敬明的读者参加这种活动一定很满足，而且怎么乱摸乱蹭估计都没有人计较。因为她们有……同一个世界，同一个梦想。

左小龙一直想看看这个明星是什么样子的，但无奈他怎么踮起脚都看不见，后面的女孩子们也因为没看到偶像——应该是看不到偶像，显得更加激动，纷纷往前涌动。左小龙被人浪推着走了好远，他怕自己的手指再次被挤伤，所以高高地举在头顶，突然间，听到了旁边一声严厉的呵斥：你为什么对着我们小四竖中指？

左小龙连忙自保道：我最喜欢小四了，我没有竖中指。

说罢他把自己的左手收回来，趁人不注意，偷偷竖起了食指，连同中指在一起，组成一个V字，生怕放下面会被人群弄伤，只得摆在脸前，正打算说自己是要表达小四必胜的意思，突然间，那个女生打断了他，道：哦，原来你也是非主流啊，对不起哦，我看错了，那我们一起来支持小四吧，四殿！

左小龙马上入戏叫道：我们永远支持你！

说着马上开溜了，在群众运动的狂热洪流里，能自保的方式只有暂时恶心一下自己，然后找个人少的地方喘口气。

台上只传来了声音：很高兴来到这里，这也是我的朋友黎波的印刷厂……嗯……今天还要带给大家一个好的消息，就是我的新书的第一本，也就是《小时代》，要从这里出厂了，这也是这个工厂开工印刷的第一本书，希望大家会喜欢。

所有人都掏出手机给自己的偶像拍照，还有人大声给朋友打电话诉说此时的激动。镇长和路金波同时走上台，礼仪小姐拿出一个木质的底座，上面有一个按钮，等到所有的摄像机、照相机到位以后，他们三人同时按动了这个按钮。

对于台下的女孩们来说，她们多么希望这是一个炸弹的按钮，这样就可以永远和她们的偶像定格在一百米以内的距离。按钮被按下后，礼花齐放，气氛到达最高潮，印刷厂里的机器开始启动，一分钟后，流水线上就出来了第一本书，职工连忙送到台上。镇长高举着书宣布道：这是印刷厂的第一本书，也是亭林镇向文化产业探索的第一步，正式地……出炉了！

他们三人高举着这本书，一束聚光灯也打来。欢呼和掌声响成了一片。将书放下来以后，郭敬明充满爱恋地看着自己的作品，突然间他发现可能因为时间仓促，这书的装订有点歪，便问旁边的路金波道：你看我的这个《小时代》，是不是有点歪？

路金波忙着鼓掌，低头随意扫了一眼道：不要紧，这时代本来就是歪的。

左小龙花了很大的力气才从人群里挣脱出来，因为黄莹要走了。他绕到了后台，一看黄莹没在那里，连忙又去了停车场，可他只看见了镇长的车停在那里，左小龙骂了一句狗日的，然后顺便用自己的手臂把镇长汽车的反光镜撞向前方。但镇长的车明显要比那些阿猫阿狗的结实一些，左小龙的手隐隐作痛。他继续往前跑，突然发现黄莹正在前方转角的一棵桃花树下孤独地发动她的小踏板。

左小龙怔了一会儿，想，这才是他心里的明星。

黄莹抬头一眼看到了左小龙，道：怎么了？

左小龙说：没什么。

这是他们的第一次对话。

左小龙上前一步道：我有点事要和你说，我送你回去吧。

黄莹抬头看着左小龙，问：你开车了？

左小龙说：没，我开你的摩托车送你回去。

黄莹仰头大笑，说：你开吧。

左小龙开着黄莹的小踏板慢悠悠启程。下午的暖阳劈头盖脸地打在他们身上，左小龙觉得身体发热，尤其是小腿，特别热。这点是非常奇怪的，如果是大腿发热，或者大腿根部发热，那是人之常情，可是自己的小腿怎么会发热呢？但左小龙没顾上看，他怕一切停车等波折都枉费了这大好春光。黄莹在后面似乎也没有搭理他的意思，但左小龙又不知道她在做什么，所以状态很不自然，还影响了他对小踏板的控制。两人一路都没有说话。到了人多的地方，左小龙更没有什么发言的欲望，黄莹示意左小龙停车，说：我到了。

左小龙将踏板车停稳，憋了半天，说：再见。

道完再见以后，两人分开。左小龙终于觉得自己喜欢上一个女孩了。当一个男人同时对两个女孩子有好感时，他更爱谁决定于谁更不爱他。黄莹只是左小龙迷糊记忆里的一个天涯歌女，一个小范围的明星，但是当这个人突然具象起来的时候，他立即痴迷不已。左小龙可能就是喜欢黄莹的风尘，在他认识的姑娘里，黄莹一定是最风尘的那个。风尘是一种难以名状的气息，无论对于男的对于女的都有着瞬间的吸引力。男人喜欢风尘的女人，女人喜欢风尘仆仆的男人。泥巴就是左小龙停在车库的一部好车，而黄莹则是路过自己家门口的，那自然是路过家门口的要多看几眼。这样的姑娘就像永远不会停留下来的一个物体，她需要的只是在某个地方停泊一下，加满油继续出发。出发到一个她自己都说不清楚的地方，直到机械故障或者零件老化，那就停在哪里算哪里了，然后你就只能修她，不能休她。

左小龙迷恋其中不能自拔。但他觉得自己在黄莹面前会豪气顿失，可能她见过很多的世面，而且成熟得很。左小龙觉得自己在黄莹的心中一定非常幼稚，所以他决定自己必须要在这个镇子有所作为，而且他从来都觉得自己是应该有所作为的，只是没有人告诉他该做什么，当他找到了自己的方向，那就不可限量了。可找到方向是何其困难，因为所谓的方向，并不是东南西北，而是把一个圆分成了三百六十度，他始终在寻找其中的一度，这一度就是他的方向。

左小龙突然间迫切地想要和泥巴见面，因为在泥巴面前，他觉得自己可以大振雄风，好汉重拾当年勇。泥巴有多喜欢他并不重要，但如果泥巴真不喜欢他，那对他一定是致命的打击。他觉得自己真贱，黄莹似乎对他没有任何的意思，而且那么风骚，说不定已经当了妈，可是自己对她确实一往情深；而泥巴清纯年轻，最受啤酒肚中年男的垂涎，又那么喜欢他，可自己始终找不到感觉。

左小龙深刻地想到，莫非是因为泥巴喜欢我，所以我才不喜欢她；而黄莹不喜欢我，所以我喜欢她，那我是多么可悲的东西。

但左小龙突然更深刻地想到，莫非是因为我不喜欢泥巴，所以泥巴才喜欢我，而某个男的喜欢泥巴，所以泥巴才不喜欢他？

左小龙在崩一个溃的同时，觉得他必须马上见到泥巴，巩固一下这感情，好让某个喜欢泥巴的男子无机可趁。这两个都是好姑娘，自己要把她们都留在身边。

但左小龙突然想到，自己其实找不到泥巴，他不知道泥巴的联系方式。又是一个不知所终的下午，连接漫漫长夜，真是让人觉得荒芜。

在这个时候，波波印刷厂正开始全负荷工作。事实上，它已经开始全负荷工作，开业那天也只是停工了一会儿而已，要不然哪能那么快地印出一本书来。而且为了丰富文化，波波印刷厂当下就和政府达成一个协议，赞助亭林镇的第一届文艺比赛，并且设立“波波杯”。虽然波波杯听着很像颁发给宠物的一个奖项，但这却是亭林镇最大的奖金额度，一等奖有五万元，二等奖两万元，三等奖一万元，而且还设立了最佳合唱团的评比，胜出的合唱团可以去参加更高级别的比赛。这个合唱团可以获得两万元。其余所有参赛的选手，都可以获得神秘的礼品一份。文艺比赛在两周后举行，地点是亭林镇大礼堂。届时还有神秘嘉宾出席。凭借本地居民身份证就可以参加。

这个比赛被当地政府大加重视，因为这个比赛可以增加当地人的凝聚力，让当地的居民以比外来务工人员高一个层次的文艺面貌出现。温饱思淫欲，淫完搞文艺，如果这个地方的老百姓都很喜欢文艺，那这个地方一定是富裕的，衣食无忧的。

消息一发布，当地的居民也沸腾了，奖金很多啊。一年忙到头也就两三万，但如果唱歌跳舞弄了个第一名，那就有五万啊，这和著名歌星走穴快一个价钱了，不济一点也有两三万啊，最不济，那也有个神秘的礼品。顿时，各个村民委员会，各个居委会，各个家庭都忙碌起来，开始想自己应该表演什么节目。群众从来没有这么不务正业过，但话说回来，这年头，除了罪犯，谁在干自己喜欢的事业啊？所以，钱就是正业。

亭林镇的书记对这个文艺项目非常欢欣鼓舞，他特地开了一个会，在会上，亭林镇的领导们悉数出席，他说：

啊，我们这个亭林镇波波杯文艺大赛，是一个好事情，这充分彰显了开放思路、勇于创新的精神。这个比赛，不仅可以促进亭林镇的经济，拉动内需，而且极大地丰富了群众的业余生活，在政府的引导下，他们充分发挥自己的特长，勇于表现、敢于表现、乐于表现，做到了人人有歌声、家家有歌声、村村有歌声的全民参与，使得这个社会得到了长足的、长远和长久的和谐发展，这个比赛对于防止我们的传统文化流失有着重大的意义。我建议，我们要把这个比赛固定下来，年年搞，争取搞成一个在全国范围内都有影响力的精彩赛事、精品赛事、经典赛事。同时，在第一届亭林镇波波杯文艺大赛的同时，我们镇上的招商办，搞一个大型的招商引资活动，以赛招商，以赛会友，文艺搭台，经济唱戏，强强联手，共赴和谐！

书记都这样说了，下面的人肯定不能怠慢。中国的官员和初中生一样喜欢模仿，上级和领导就是他们的偶像，他们的举手投足以及讲话方式都会被下级们情不自禁地模仿。当然，下级是不会这么承认的，他们肯定觉得，是领导的讲话太具感染力，感染了他们。虽然，在正常人看来，他们的说话是最没有感染力的，但在和他们同一体系的人看来，这些废话的确是字字敲打在有志向的同志心上，这每一句废话都是那么废，废到整段话都可以全部删除而不影响他要表达的意思，因为他要表达的意思都在深情的一回眸中被大家领会了，书记说的话对于他们来说是很有价值的，充满了信息，而且口才斐然。书记是喜欢用排比句的，他的排比句用得出神入化。别人用排比，都是层层递进，而书记的排比句，充满了无产阶级的关怀，没有任何的阶级之分，那完全是三个同义词啊，意在强调再强调，当然，还有一个重要原因是这样一说就能给自己省点脑子，想想接下去该说什么，当然当然，最重要的是，在书记还不是书记的时候，他的领导就是这么说话的。

镇长接着站起来说：

书记说得很好，这个比赛，是最近亭林镇的第一大事、头等大事、首要大事。在这里，我宣布筹备委员会的成立，委员会的名誉主席当然是我们的苟书记。另外，还有波波印刷厂的董事长路金波，以及区文联的副主席郑主席。执行主席嘛就是我，秘书长是镇文化站的杨站长。杨站长，你就要辛苦一点了，主要的筹备都要由你来负责了。另外，派出所的牛所长对这样的大型活动也有很多的经验，他可以帮到你。副秘书长是镇有线电视负责人施主任，他是这方面的积极分子啊，可以协助大家做很多事情啊，筹委会的委员有……

布置完毕任务，镇长隐约觉得自己说得不爽，一方面他没有脱稿，毕竟这么多人记不住；最关键的是，由于文体的限制，他只说了一句排比句，实在是憋得慌。

待筹备会议开完后，镇长又召集招商税务城建土地等部门秘密开了一个会议，会议的大致内容是：

这次的招商大会一定要招来有大影响的企业，像这次的波波印刷厂一样，亭林镇一定要做大，做全国最大的项目，亚洲最大的项目。比如在厦门被停工的PX项目，就可以招到亭林镇嘛。有污染可以治理，没有污染就没有政绩，没有污染就没有进步。PX太显眼那就改个名字么，叫XP有什么不好么，人家还以为是做软件的么。在政策上，要宽松；在税收上，要在特殊的政策下再给予政策，吸引这些大公司过来；在土地上，要做到事先平整，亭林镇的乡镇格局很不合理，农民住房分得太开，很不利于开发，尤其是大规模开发，你让那些大企业来这里，一看拆迁工作难以进展，就会打退堂鼓，所以要做到提前规整，先做出一个工业园区，但因为现在上面不让自己搞工业园区了，那就暂时叫工业园地。拆迁工作一定要做好，要告诉农民，集体利益大于一切，做钉子户可耻。

对于钉子户，要采取定点污染的办法，就是在他们的村旁边建设小型化工厂，风向和排污方向一定要面对这些钉子户，并且可以给这些化工厂在环境监测上给予放宽，因为他们是在为集体的利益服务，舍小局为大局。这样，撑不了一年，他们就会主动要求搬迁。但是搬迁过程中各位同志一定要注意，不能让农民们全部都搬迁到城里去，因为这样一来，我们的外来务工人员就没有地方住了，我们要找一块最没有经济效益的土地，做成农民新村，就是说，把没有搬到镇上的农民全部都挪到这个村里，这个村的房子一定要规划好，不能像以前那样东一个西一个了，最好是统一格局五百米一栋的连排，隔十米再一排，这样挨得紧一点，热热闹闹的，邻里关系也好，也便于政府管理。这个村就叫和谐村吧。整个动迁工作要在一年内完成，亭林镇要为建成亚洲最大的工业重镇做好准备，当人家还要拆迁时，我们已经准备好了，这就是我们的优势，这就是我们的远见。波波印刷厂就是一个例子，要不是当时提前把这片土地规整出来，说不定这个项目就不能马上签订。只要是亚洲最大的项目，我们就一定给予极大的宽大的政策，让它形成效应，带动其他项目。

还有，在拆迁过程中，在黄花村找一个房子，不要拆掉，但人要搬掉，做成一个故居和文化遗址，以及学生文化思想教育的基地，找个雕塑家，让他随便雕一个女人，就说是黄小花的雕像；再找一个作家，题几个字。在抓经济的同时，文化不能丢啊。

布置完任务，大家都纷纷夸奖镇长有魄力。镇长笑道：还不是为了老百姓。

这个文艺比赛直接导致左小龙的合唱团早产。左小龙是真的喜欢合唱团，他从小最迷恋的就是交响乐团以及合唱团的指挥，棍子一挥，人非但不跑，而且还齐刷刷听他的要求做。而且指挥是唯一一个所有时间屁股对着观众但是能获得最大尊重的职业。左小龙多么希望有一天，全部人可以给他鼓掌，叫喊他的名字，让他做某件事。到了那个时候，他必然在众目睽睽之下，不让群众失望。

大帅的日子过得似乎很浑噩，左小龙已经给这个人定义了——安于现实，不思进取，害怕生活的改变，不会有太大的出息，总而言之一句话，就是对不起他的名。但好在他姓莫。左小龙对大帅的毫无野心非常喜欢和放心，和这样的人合作，也不会担心有一天人家篡权夺位。

在左小龙去看印刷厂开张的时候，大帅已经悄悄地拉了一个小学生来。左小龙回到雕塑园，突然看见大帅拉着小学生在一片雕塑里，小学生正坐在一匹石头做的马匹上。左小龙满心欢喜，端详半天，问道：你是男生还是女生啊？

小学生毫不理会，继续想象自己在骑马，屁股在马背上腾挪。突然间，他“啊”地叫了一声，然后纹丝不动。

左小龙笑道：原来你是个男生啊。

莫大帅问道：你怎么知道的？我还一直以为这是个女的，你看多文静。

左小龙转头瞄了大帅一眼道：你没看见他刚才的表情么，典型的男性的表情么。

大帅继续傻问道：什么表情啊？

左小龙看着大帅，摇了摇头，道：就是自己的腿压到了自己的蛋蛋的表情么。观察，你这样在社会上不注意观察，是很容易被害的。

左小龙把学生从石马上抱下来，问：你叫什么名字啊？

小学生沉默不语。

左小龙推了推大帅，问：你带来的，你问问他。

大帅说：我也问不出来，我在路上走，看见有个初中生在问他要钱，我上去就把那王八蛋吓走了，我说，小弟弟，你是个弱者，来加入我们帮派吧，加入了我们帮派，以后就没有人敢欺负你了。他就来了。

左小龙略微生气道：你没完全理解我的方针，你这个是黑社会。我说的是合唱团，我这个是艺术，是艺术搭台……

左小龙说到这里突然觉得自己最近听多了官方演讲，也开始喜欢搭台了，但怎么琢磨都是艺术搭台黑社会唱戏。

小学生依然不说话。左小龙觉得不能吓到人家孩子，循循善诱道：小弟弟，不要怕，以后哥哥会保护你的。你现在有组织了，你的组织就叫亭林镇合唱团，我就是你的指挥，我叫左小龙，你旁边那个就是你的团长，他叫莫大帅。

大帅打断左小龙道：小龙，这样不大好吧，我是团长，我的职务还比你高。

左小龙说道：不要紧，我是团书记。

小学生张大眼睛看着左小龙和莫大帅，一脸懵懂。左小龙决定要先从鼓励入手，这样才能拉拢人心，他说道：好。你这样的表情很好，在以后我们的歌舞表演里，就是要这样的表情，纯真无邪。这样，小弟弟，我们签订一个合同，你就加入亭林镇合唱团了，你是我们合唱团的第一个团员！恭喜你！我们欢迎你！

大帅在旁边鼓掌，左小龙从房间里拿出一张纸，说：小弟弟，你把你的名字和资料写在上面，写个很简单的入团申请书，然后签字画押就行了。

大帅在旁边用胳膊捅了一下左小龙道：画押是不是不太好啊，人家紧张。

左小龙说：不要紧的嘛，你是坏人么？

大帅在旁边直摇头。

左小龙道：你看，你不是坏人，这就说明我们都不是坏人。那怕什么呢？我怕我们的合唱团人一多，人家说三道四，这样一来就正规了。

小学生在旁边依然仰头看着他们。

左小龙说：你签个你的名字吧。

小学生拿起笔，歪歪扭扭写道：尔一。

左小龙一看大喜，拍着纸说：你看你看，姓尔，这就是艺术家姓名，你看，你叫尔一，我叫左小龙，我们两个连名字都差不多，这样，你就是我左小龙的弟弟了。

大帅在一旁使劲想两人的名字到底差不多在哪里。

左小龙道：来，弟弟，你画个押。

小学生在旁边咬了半天铅笔，然后徐徐开始在纸上画了一只鸭。

左小龙和大帅看着这只鸭子，呆了半天，大帅道：算了，小龙。

左小龙把纸折叠起来，放进自己的口袋，说：小一啊，小龙哥哥教你唱歌好不好？

小学生还是不言语。

左小龙从屋子里拿出一支香，说：从今天起，我们就是结拜的兄弟了。我们烧香为盟。走，跟我来。

三人在雕塑园里穿梭半天，终于来到了孔子的人物雕像前。这具孔子像高一米多，属于这个园子里的袖珍雕像。左小龙三人走到孔子像前，并排站好，左小龙上前一步，把香燃了，说道：今天我们在我的偶像关公前结拜兄弟，古有桃园三结义，今有雕塑园三结义。关公有情有义，是我左小龙欣赏的人，这个雕像我更加喜欢，关公不拿刀，说明他已经不要打打杀杀，我们也要这样。关公，也叫关羽，他最感动我的就是……霸王别姬。

说罢，左小龙带头把香插到了孔子身上的裂缝里，后退三步，鞠了一个躬。鞠躬完毕后，左小龙道：那我们就从现在开始训练。

雕塑园里的植物在春夏之际长势最茂盛，雕像们渐渐淹没在逐渐疯长的植物中。才过一周，左小龙再去拜孔子就有点找不着了。在这一周里，他们接受了一个残酷的事实，他们遇到的小学生尔一是个哑巴。左小龙却是最哑巴吃黄连的一个人。但因为他心中的合唱团实在人少，所以就算是哑巴也得用上。在一个合唱团里哑巴怎么用的确是个大问题。突然间，左小龙想到了一个点子，反正自己是屁股面对着观众，那就自己开口唱吧，让哑巴假唱就行了。

一个合唱团只有这么一点点成员是不行的，而且现在找来的第一个成员还是一个小哑巴，只能用奥运开幕式的唱法才行。比赛就在两周后举行，现在连合唱团要唱的曲目都还没有眉目。左小龙正烦恼着，突然想起自己的摩托车应该修好了，马上奔向修车铺。老板已经将摩托车擦亮，停放在角落，与此同时，还新进了一台杜卡迪的695，放在店的正中。这是左小龙第一次看见杜卡迪，不由双眼放光。但很快，光芒暗淡下来，左小龙觉得这摩托车一时半会儿还不会是自己的，脑海中的念头瞬间停止，连拥有的欲望也马上消失。左小龙觉得，人生乐趣在于，不光要实现自己的夙愿，还要实现自己的闪念。但是当闪念明显实现不了的时候，别让它再闪就是。对于摩托车是这样，对于女人也是这样。

左小龙骑着他的摩托车上了街，这世界一时间变了模样。按理来说，蝙蝠侠脱下了黑衣就是侠，而左小龙的心中，那就是蝙蝠。所以，这黑衣很重要，甚至和本尊一样重要。新的发动机需要磨合，左小龙只敢小心控制油门。新发动机和老发动机简直是……一模一样，这就是日本人造的东西，反正也给不了你什么惊喜。从下午一点到三点，他都在围绕着亭林镇兜圈，合唱团和如何还上泥巴垫付的钱都在九霄云外。

在绕到第九圈的时候，他突然发现泥巴站在路中间。两人有一段时间没见，一时间不知所以。在电影里，应当是他们互相凝望停滞，周围人流如梭。但亭林镇上的人太喜欢看热闹了，整个画面就像是截屏一般全部静止。所有人都看着这两人。

左小龙说：泥巴，谢谢你。你怎么知道我在这里。

泥巴说：我听到发动机的声音了，我认识这个声音。

左小龙道：上车，走。

泥巴一下又意乱情迷。左小龙的每一个步点都踩在她的节奏里。她二话不说爬上摩托车，抱住左小龙的腰。最后的春风吹过他们的头发，他们骑着摩托车游荡在郊外温暖的有毒气息里，呼吸着充满化工异味的空气，顺着五颜六色的河流，一直开往南方。往南方那是因为……人群拥挤的道路改成了单行道，所以暂时只能往南边开。恰好风往北吹，空气逐渐清新，呼吸到无味的空气，反而让人有醉意。他们到了一个新的小镇，叫天马，这里正好不在污染的风向里。左小龙把摩托车停下，让泥巴下车，两人到路边的面馆里要了鸡蛋面。面馆里只有他们两人。老板娘把鸡蛋面端上来后，说：这鸡蛋好，这是我们这里的土鸡蛋，纯天然。你们是亭林镇来的吧？

左小龙边搅和面条边问道：你怎么知道？

老板娘说：你看，你们的头发上都有绿色的灰。

泥巴马上看着左小龙的肩头，发现果然有一层绿色粉状物体。泥巴帮左小龙把灰掸去，笑道：你看你，真像个绿毛龟。

老板娘继续说：真是羡慕你们。

左小龙吃了一口面，说：我们有什么好羡慕的？

老板娘说道：你们那里有钱啊，你们还搞有奖晚会。

左小龙抹着嘴，说：什么是有奖晚会？

老板娘说：就是文艺表演第一名有五万的。

左小龙说：哦，那是文艺晚会。

老板娘说：就是有奖晚会。我们这里就没有，我们这里政府不活络，发展得不好，你看，大家还是一副……

老板娘想了半天，只想到安居乐业这个词，但她觉得这里必须要有一个贬义词，卡了半天还是没词，只好道：一副老样子。你看，人也不多，我这里生意也一般，要是我这个店开在亭林镇，那多少外地人来吃啊。外地人又好弄，我浇头也可以放少点。唱个歌还有五万块钱，我的老房子还可以收租，我这一年能多赚多少钱啊。

左小龙将面吃完，道：你的蛋真好吃。

走出屋子，泥巴依偎着左小龙，问：我们身上是什么，绿油油的？

左小龙用手抚过都是工业灰尘的油箱盖，说：是空中掉下来的。

泥巴问：有毒么？

左小龙还没来得及回答，泥巴突然间发现他的左手异常，问道：你手怎么了？

左小龙把自己的中指往下垂，道：受了点伤。

泥巴问道：怎么回事，重不重，怎么伤的，让我看看。

左小龙发动了摩托车，泥巴上车又抱紧。旁边汽车站上等候的摩托车黑车司机们纷纷吹起口哨，泥巴惶恐地看着他们。左小龙道：不要紧，他们只是起哄。

左小龙慢慢将摩托车驶出，在旁边的黑车司机上下打量着泥巴，把左小龙也当成是自己的工友，趁泥巴看向别处，偷偷握拳在胸口挥动了一下，向左小龙表示祝贺。

左小龙向他一笑，也回以同样的动作，表示都是开摩托车的人，都是哥们儿。

忽然间，黑车司机激愤了，他无法理解为何他友善的好意换来的是左小龙无情的竖中指嘲讽，顿时发动起摩托车，对着周围的人说：那亭林镇来的小瘪三向我们竖中指。

周围黑车司机顿时被引爆了，道：亭林镇来的就跩啊，追上去，揍！

左小龙一听周围都是引擎声，估计自己也解释不过来，连忙拧油门就跑。后面七八部摩托车紧紧追着。左小龙的摩托车带了一个人，极速有所下降，最快只能到120，但后面的摩托车排量更小，而且车况不佳，虽然占了重量的优势，但顺风下坡极速也只能到110，他们只能百爪挠心地目送左小龙以微弱优势远去。在亭林镇和天马镇的界碑处，他们把摩托车停了下来，灰心地感叹道：亭林镇连黑车都比我们的要快啊。

左小龙以极速开了十几公里，终于到了亭林镇界内，回头看对手已经没有追击的意思，突然间引擎又是一阵突突，车突然熄火，缓缓滑行，停在路边。左小龙脸色发白，突然想起来新的发动机还没磨合好就这么开极速，该不会是……

他下了车，呆呆地看着，问泥巴：泥巴，会不会……会不会又爆缸了？

泥巴也是一头雾水，爆缸对她来说是个全新的词汇，在初见左小龙的时候已经认识到了，再见左小龙又遇到这个情况，她正在反应是不是摩托车每骑一次都必须要爆缸。

与此同时，在五百米开外的天马镇摩托黑车司机们正看着左小龙把车停靠在路边，一时间争议四起，讨论了一分钟，结论是：有阴谋，不能去。你一追，他又跑，我们又跑不过他，被调戏，更没面子，说不定前面还有他的兄弟们和埋伏，要不然也不敢公然停车，我们不能中计，跑。

方针既定，这些摩托车手们调转车头，纷纷离开。

泥巴看着疑惑地问道：他们为什么不追了啊？

左小龙此时心中根本没有这事了，焦虑地看着自己的摩托车，顺口说道：他们怕我。

泥巴不知道事态的严重，继续追问道：那你怕什么？

左小龙站起身，说：我怕爆缸。

泥巴走上前去，安慰道：不要紧，不会的，你看，这次和上次不一样，这次没有爆，那就是没有爆缸。

左小龙说：那就是内伤了，叫拉缸。

泥巴顿时心生崇敬，她就是喜欢机械知识丰富的男人，她觉得机车的学问真大，开不动了还分爆缸和拉缸，她问道：那哥哥，爆缸和拉缸哪个更好呢？

左小龙有点不耐烦，但突然想到这台发动机是泥巴垫的钱，顿时口气发软，说：小妹妹，都不大好。

泥巴看见左小龙表情沮丧，只好安慰道：哥哥，不要紧的，我想一定会是拉缸的。你一定不会爆缸的。

左小龙无奈道：泥巴，不管是哪种，发动机都没用了。

泥巴一下紧张起来，问道：那是不是我们又不能见面了？

左小龙没过脑子，说：嗯。

泥巴不高兴道：你是故意的么？你每次见我都把你的摩托车弄坏，你不想见我么？

左小龙沉默不语，恨不能说：你还没我的摩托车重要，怎么可能为了不见你把摩托车弄坏。

泥巴说：对不起，我们快看看怎么把这辆摩托车修好吧。

左小龙已经有点彻底绝望。

泥巴继续催促道：哥哥，你快看看，我等你，我不说话。

左小龙虽然对摩托车的机械原理完全不懂，但就好比汽车抛锚以后，所有男人都会打开引擎盖一样，左小龙对着自己的摩托车前后左右转了几十圈，突然间，他明白了，顿时雄风大振，对泥巴说：泥巴，走。

泥巴问道：修好了么？

左小龙笑道：不要紧，我在推。

泥巴问道：是什么坏了？

左小龙道：没油了。

当他们把摩托车加满油，初夏的夜色已经降临。左小龙坐在摩托车上抽烟，泥巴则去小卖部买水。看着泥巴的背影，左小龙想道，自己对这样的一个漂亮姑娘究竟是什么样的一种感情。虽然这个问题想过很多次，但都没想明白，只知道和她在一起很轻松，因为在泥巴的心中，左小龙就是一个英雄。左小龙希望，这个世界由泥巴构成。

相比和黄莹相见时候的没有信心，左小龙觉得以后在自己见黄莹前后都要见泥巴，第一次是创造信心，第二次是恢复信心。左小龙想，这么好的一个姑娘，自己为何就是喜欢不起来呢？答案是，先泡到黄莹再想这个问题。

在送泥巴回家前，他让泥巴买了一套信纸和一支笔，泥巴满心欢喜。送别泥巴后，左小龙在夜色里回到了雕塑园的屋中，打开灯光，各种飞物在脑袋上盘旋，硬壳昆虫不断撞击着玻璃窗，他将跳进屋内的癞蛤蟆扔到了外面，决定要给黄莹写一封信。信的内容假装是，邀请黄莹参加自己的亭林镇合唱团，表示他个人对黄莹的欣赏。

摊开纸，左小龙顿时惊讶了一下，泥巴买的信纸上印着一个圆乎乎的动物，下面写道：我是比卡丘。

左小龙顿时灵感全无，注视信纸半天，他觉得，黄莹那么成熟的姑娘，信纸上怎么能有一个卡通图案呢。他决定放弃这一张，看看这套信纸里有没有合适作为邀请函的。抽到第二张，他还是脑袋一大，这次是一堆圆乎乎的动物，写道：欢迎加入比卡丘家族。

后面的信纸就是这两张的不断重复。左小龙彻底绝望，但翻看四周，没有任何一张纸片可以写东西。他想，要不把信封拆开，写在里面，但很快，他自己推翻了这个想法，因为他能想象黄莹倒了半天倒不出任何东西来，就把信扔了。他开始研究能不能把那些圆东西裁剪掉，但是这次，他看到原来这些圆球还是信纸的隐约背景，还有大大的龙猫两字四处显现。左小龙不想再耽误时间了，因为文艺比赛马上就要开始，而这夜色和灯光也正是写信的好时候。他决定，就着信纸的主题开始写信，顺水推舟，这样可以让开场的气氛显得很轻松，自己的文采也好些。虽然他从小就不大会写东西，小时候也最恨作文，但这次，他突然觉得，自己有了表达的欲望。他想道，小时候写不出东西可能是因为老师从来没有给他一个东西让他写，而现在，他终于找到了这个东西。

铺开信纸，左小龙打算就从比卡丘入手。他写道：

你好，黄莹。

我是左小龙，也是波波印刷厂开业那天，开你的摩托车送你回家的那个男人。很抱歉这是我随手问我妹妹要的信纸。但其实很有意思。比卡丘是爱神，可是这信纸上，比卡丘之箭不知道射向了哪里。可能信的地方就是箭的地方。

说正事吧，我想组建一个亭林镇合唱团，虽然我们要去参加两周后的比赛，但其实我从来没有想过我们的合唱团是要去拿奖金的，我想让它成为一个真正的合唱团，可以在全国甚至全世界演出。我从小的理想是做一个很好的指挥，我想，从我看见你第一次表演的时候，我就非常欣赏你，你的声音和舞台感染力是我们最缺少的东西，如果有时间，我们见面谈。

希望我们合作愉快。

写完，左小龙反复看这信里有没有错别字，然后将“我从小的理想是做一个很好的指挥”中“的理”二字涂掉了。他觉得，可能没有人愿意用他人的理想在自己身上做试验。把信封好，已是半夜十二点。他把摩托车推出，怕吵醒大帅，往前推了一百米，发动以后扎入夜色。夜晚的亭林镇人烟稀少。他将摩托车开到邮政局，投进了邮筒。在信封上，他只写了“黄莹收”。因为给黄莹写信的人多，所以她不需要地址，这是这个镇上的人都知道的事情。

把信投出，左小龙心里舒服了很多，他的人事已尽。此时的左小龙满脑子都是黄莹，已成心疾，对于黄莹，真是：得之，我幸；不得，我病。

回到了雕塑园，到了后半夜，左小龙依然无法入眠，他一直想象着这信的作用、命运的各种假设，睡意已经彻底远去。他打开电视机，想看看球，说不定就看困了。在屏幕里的图像还没成像的时候，声音先传了出来——比卡比卡比卡球……

左小龙睁大眼睛看了一集，回想良久，突然间叫出了声，操，完了，原来爱神是丘比特。想罢，他悔恨不已，但信已寄出，丑即将出，一切已经无法挽救。

抓了几分钟头发，左小龙突然想出妙招，开着摩托车往镇上疾驰去……

清晨起床，大帅对于雕塑园里自己的屋子前一夜之间多了一个邮筒很不理解。左小龙此时扛着一把斧子来了。大帅还未及开口，左小龙就开始用斧子撬投信口。大帅问道：你在做什么？

左小龙顾不上抬头，说道：我昨晚给黄莹写了一封信，有个地方写错了，我得把信取回来。

大帅疑惑道：那你再写一封不就得了。

左小龙挥汗道：不行，这第一印象很重要，要不然我们合唱团的面子往哪里放？

大帅问：你到底写错什么了？

左小龙说：你别管了。快来帮个手。

大帅连忙跑回屋，取出工具盒。两人忙乎了半天，终于把邮筒给打开了。左小龙开始从几百封信里挑选自己写的那封信，刚找到却突然发现还有一封是写给他自己的。他诧异地举起信，猜测半天，突然想到应该是泥巴写给他的。写信这样的事，在这个年代里，只有文艺的阴魂未散的人才能干出来。左小龙把泥巴写给他的信丢在一边，嘀咕道：谁他妈还写信啊。他连忙把自己写的信拿出来塞在兜里，剩下的信找了个塑料袋卷在一起。左小龙发动了摩托车，准备离开，突然看到地上泥巴的信，他俯身把信捡起，对这信说道：你直接给我不就行了么，非得跑邮局寄信，这不还是等于直接给我么。

左小龙开车拎着塑料袋去往镇上。

扑面的热风告诉人们，最美好的夏天到来了。

左小龙心事重重地开到了邮局门口，发现原来邮筒的地方放了一个桌子，桌子上放了一个捐款箱。他停下摩托车，觉得自己手里的一大包信塞不进这个捐款箱，想还是给柜台吧，别耽误了人家的正事。但左小龙转念一想，觉得有正事的应该也不会写信，心里舒坦了一点，把塑料袋捧在手里，开始在脑海里编造捡到这些信的理由。突然间，一辆摩托车从他旁边高速掠过，骑手抢过左小龙捧在手上的塑料袋，高速离开了，只剩左小龙一个人孤零零伫立在原地，竖着中指目送骑手远去。过了几秒，左小龙反应过来——妈的遇到抢劫的了。想平时自己看了很多军事书籍，对于侦查和反侦查一直自以为是，结果给一个蟊贼给抢了。而且此时蟊贼已经消失在蜿蜒的南方街道里，完全不知去向。左小龙对着他离去的方向暗自骂王八蛋，也为这些信的命运觉得忧伤。有可能这里面还有很多情书，这贼偷了这么多的情意，真是作孽，有多少人可能因此不能在一起。如果两人不能在一起，那——左小龙想到这里不由神伤——那就换一个人在一起呗。

左小龙想去报警，但觉得这里的警察效率不高，报警也无法抓住这个恶人，想想算了，但他记住了这个人的特征——穿着白T恤。

正如左小龙的判断基本上都是错的一样，这次左小龙又错了。这个飞车贼因为驾驶的摩托车超过排量没有牌照，被交警部门拦下，摩托车被没收，交警部门发现，他随身携带的塑料袋有点可疑，在检查的过程中，发现了数百封信件。很快交警队长就到了，刚看到这么多信件时就把这个案子往宣传邪教组织方面拓展了一下，后来发现都是私人信件，联系起邮局的邮筒失窃，这个飞贼就被认定为是偷邮筒事件的嫌疑犯。虽然疑犯拒不承认，但事实确凿，抗拒从严。在审查过程中，某警员发现了自己的老婆给情人写的信。在下一次的审讯后，鼻青脸肿的疑犯承认了自己偷窃邮筒，并且企图当废铁出售的事实。因为抢劫罪和破坏公共财物，该疑犯被判有期徒刑三年，剥夺政治权利一年，没收作案工具摩托车和个人财产一万元。未来的岁月中，在监狱里，这个罪犯还受尽了其他罪犯的挖苦和凌辱，因为……其他人都是被刑警抓获的，而他是被交警抓获的。

当然，左小龙不知道这些。

左小龙是一个喜欢判断和预言的人，他厉害的地方在于不光光他的判断不完全正确，而且完全不正确，甚至达到错得离谱的境界。他看好的人，赞美的事，最后都是悲剧收场；而他看低的人，鄙视的事，最后都是皆大欢喜。但他从来没有总结出自己的这个规律，只是偶感倒霉。他相信，英雄不一定英明，这世界只是没有给他机会，让他证明他的英雄能力。当然，这世界其实都是机会，只是这世界永远不会点名而已。

走近镇上的露天溜冰场，左小龙突然听到歌声。这歌声气势洪亮，绝不是一个人可以发出的。他推开铁门，顿时被震慑，大约一百人正整齐地排列。这是好大的一个合唱团，他们正在练习一首……左小龙从没有听过的歌。正规的各个音部、和谐的声浪仿佛把地上的灰尘都卷向了左小龙。左小龙环顾四周，妈的居然还有调音台，有喇叭，有话筒，妈的还有好多的……妈。这些妈妈都是童声部分的儿童家长。还有一个指挥，他手里居然还有一支真正的指挥棒。

左小龙在旁边听了一会儿他们的歌唱，觉得虽然技术上面没有任何问题，但是感情平淡，歌曲平庸，他相信，等他的亭林镇合唱团搞起来以后，在情怀上至少不会输给这个官方的合唱团。

他趁合唱团休息，上前搭讪道：你好，你们是……

一个浑厚的低音传来：我们是亭林镇合唱团。

左小龙黯然离开了溜冰场。他来到他的摩托车前，抚摸着仪表盘，擦去掉落在上面各种颜色的粉尘，突然想起裤兜里泥巴的信，他展开信，上面写着：

龙哥哥：

我今天很开心，给你买了信纸和笔，我知道你想写信给我，可是我想先写给你。从来都是我先的嘛。不知道会不会你比我早收到，不过一定会的，因为你很懒的嘛。

哥哥，我给你的书你看过没有？我知道你不喜欢看，那也没有关系，我只是告诉你，你们的感觉很像罢了。因为你们都喜欢骑摩托车。我第一次看见你骑摩托车的时候就喜欢你。我本来不应该这么说的，但是你说我是你的女人了，我觉得我不该隐瞒你什么。

最后，哥哥，我只是告诉你，我长大以后我父母不一定让我留在这里。他们说这里是小地方，我们要向更大的地方去。但是我很喜欢这里，因为你在这里。我不知道你在做什么，但这都不重要，你只要带着我就可以，你的摩托车有后座的哦。

最后，我给你画了一张画，但是没有你的脸，只有你的背影。我真的很喜欢上次我们在大雾里开车，可是虽然我学绘画很久了，还是不知道雾怎么画。

希望你可以常常来见我。我认识你的摩托车发动机的声音，你知道我的学校，你也知道我的家，就是上次你送我回的地方。你只要拧一下油门，我就知道是你。不要拧太多了，小心爆缸哦，也不要让我的爸爸妈妈察觉哦，我会马上下来的。

最后，哥哥，我给你的摩托车起一个名字吧，我们叫她皇后号。你一定不喜欢这样的名字，会想，为什么你的摩托车是个女的呢？因为你是男的嘛。如果你的摩托车也是男的，那感觉好怪啊。我想多多看见你，多多多多看见你。

最后，哥哥，你开车一定要小心，我给你订了一个好的头盔，下周就可以到了，是用我的压岁钱订的哦，是我送给你的礼物哦。

哥哥，再见。

左小龙觉得这信看得跌宕起伏，从第三小节已经开始“最后哥哥”了，结果一口气又憋了五个小节。他对着信若有所思，展开又看一遍，又折起，放在口袋里，骑上摩托车，情绪被骄阳烤得萎靡，耳边男低音的“我们是亭林镇合唱团”的声音不停回荡。突然间，他看见国道被封闭了，很多警车设置了路障，不光有当地的交警，还有刑警、特警，甚至还有一些他从来没有看见过的特种车辆，有环境监测，有中国核能，甚至有军方的战地消毒车。

左小龙把摩托车靠边停下，挤到队伍里面，问道：发生什么事了？

没有人言语。

很快，警戒线又往外拉了五十米。突然间，空中传来“突突突突”的声音，一架直升机从高空慢慢下降，刮起的灰土顿时让人视线模糊。很明显，直升机降落得很着急，飞机驾驶员连地效效应都没时间克服了，直接生硬降落在柏油路上，冲下来几个外国记者，扛着摄像机往里扎。突然从一辆民用车上面下来一个人，拦着他们，问道：你们申请权限了没有？

外国记者答道：没有，新闻自由是我们……

那人接着问：谁给你们开放领空的？

外国记者答道：我们用的是低空，我想低空……

那人把记者拦在外面，道：请回吧。你没看见我们一个新华社的记者都没有么？新华社的记者都没来，就说明这件事情不是新闻，不能采访。

记者们重新爬上直升机，直升机爬升以后没有返回，反而是进入到了警戒区域内。警戒区就是包括雕塑园在内的化工区，河流沿着公路，穿过雕塑园，一直汇入江水。突然间，划破空气的声音传来，一束烟花般的物体火速升空，直升机被击中，但没有解体，一切陀螺的平衡装置都不工作了，直升机旋转着跌落到地上。众人震惊。

哇，RPG。左小龙心里默默喊道。这是他第一次看见武器的发射，而且还是火箭筒。

大家左右环顾，都没看见是谁发射的。有人说道：管他呢，那就是美国发射的。

这一切增加了左小龙的兴趣，他知道有很多砂石小路可以绕进去，马上发动摩托车往回开。路上，越来越多的人向警戒线跑去，消防车和救护车也在路上对向驶来。左小龙想，这该不是生化危机吧。这时，他第一个想到了泥巴，然后想到了黄莹，最后，他想到了大帅。他想，大帅此刻在隔离区里边已经知道发生了什么，真想问问他。

左小龙绕到了隔离区的另外一头。在侦测的过程中，他发现这个隔离区其实是以亭林镇上的龙泉河为界来划分的，但是隔离得非常严密，基本上每个路口都有武警把守。而且在国道的那一头，隔离得更加严密。突然间，他听到了零星的枪声。左小龙不由自主觉得紧张刺激起来。发生了什么，发生了什么，发生了什么，他满脑子都是这个问题。实在忍不住，他问了旁边的武警，到底发生了什么?

武警回答道：我也想知道发生了什么。

这时，对讲机响了起来，道：不用开枪，不需要开枪。

左小龙越发觉得，出大事了。他决定从旁边的小路上绕道进去。走到小路，他彻底失望了，依然有一个武警把守。突然间，他看见武警的脚边跳过来一只……一只……一只……一只……

左小龙上前一步，仔细一看，是一只绿色的青蛙——但是，好大。联想起上次的小龙虾变异，他终于明白了，又变异了。可上次的变异动静没这么大，说明这次的变异局势要大于上一次。左小龙顿时被足球大小的青蛙吓了一跳，青蛙见左小龙一跳，跟着也是一跳，这一跳足有一米远。左小龙连忙往后退，青蛙似乎也变得不再畏惧人类，径直向左小龙跳去。这时候，政府的宣传车开始缓缓开出，大功率的喇叭里喊着：各位群众，各位群众，经过有关部门的鉴定，经过卫生部门的核查，这次亭林镇出现的生物变大现象，属于正常合理的物种进化，是由于地球的温室效应所造成。经过专家的化验，所有生物都没有毒性，只是比以往大了一点。请群众不要恐慌，请群众不要恐慌。

左小龙顿时不再恐慌，想眼前这个，不就是个牛蛙嘛。他站起身来，青蛙顿时掉头逃走。不远处，刚才还在的武警已经不见了。他骑着摩托车来到国道上，发现一切都已经雁过无痕，他决定先回雕塑园里看看。

到了雕塑园，只见满地都是竹叶青。左小龙想大帅势必是完蛋了，被这么多剧毒的蛇围着。但他觉得这些青蛇相貌憨厚，头也不是三角形，倒是脑袋上还有一个钩子，而且移动起来很缓慢。联想起青蛙的比例，左小龙在脑子里设定了一个倍乘，一除，终于弄明白，这原来是青虫。刚想着，突然从天空中俯冲下来一只老鹰，叼起一条青虫就上天了。这是一只好不英姿飒爽的老鹰，而且还有啤酒肚。左小龙突然间想明白，这是一只麻雀。

左小龙站在原地感叹着奇异的世界，一切都变大了，但唯独人类没有变异。或者有可能自己已经变异了。他连忙从车的反光镜里照了照，觉得没问题，他想看看大帅是什么模样，叫了半天没人，左小龙突然想起去瞎子刘必芒那里待会儿。

在国道上，每个人都笑逐颜开，甚至有些人家里还在放鞭炮。左小龙不知道发生了什么大喜事。到了刘必芒的土菜馆门前，发现波波印刷厂前聚集了大批人。他们每个人的手里都拿着容器。

左小龙没有理会，到包间里找到刘必芒。刘必芒似乎也在等候左小龙。左小龙见面就对他说：你没什么变化吧。

刘必芒道：我还是瞎啊。

左小龙坐在沙发上，透过玻璃看着波波印刷厂，问道：你知不知道，这里的东西……变大了？

刘必芒道：知道，我怎么不知道，我是第一个知道的。

左小龙问道：你怎么知道？

刘必芒叹气道：每天我这个店都要收土鸡，以前收一只土鸡是三十多块，今天收一只土鸡要三百多块。

左小龙一时没会意，问道：是不是都变异了，土鸡就少了，价格就炒高了？

刘必芒又叹一口气，道：不，土鸡也变大了嘛……

左小龙突然间觉得房间里有点阴冷，问道：那……怎么办？

刘必芒道：我是遗憾啊，我活了一辈子，没见过这么大的鸡，听说什么都变大了，我把我媳妇叫来，一摸，哪都没大，心想，还好，人没事。但你说这东西突然间变这么大，它能吃么？我觉得不能吃。你敢吃么？

左小龙道：我看大家吃，我就吃。

刘必芒连忙站起来，道：不能吃，不能吃，肯定不是好东西。你今天没事，难保以后没事，只要还有正常大小的，那就吃正常大小的。反正我是接受不了，这世界变化太快了，今天这样，明天那样，我一个瞎子都受不了。眼不见为净啊，眼不见为净啊。

左小龙道：成，那我也不吃了。除非这世界全都变了。反正我看着也觉得别扭，今天老子还差点被一只青蛙给欺负了。只是，这动物是怎么一夜之间变大的呢？

刘必芒指了指窗口方向，说：我听说了，是这个印刷厂。前几天，有一个畅销书作家，要印一批书，他指定要用特种的纸张，据说这是全世界第一次用这个特种纸。你不知道吧，这不光是一个印刷厂，你看哪个印刷厂能开这么大，它还是一个特种纸的造纸厂，要不然每天都往这里拉木头呢。结果，这批特种纸造出来，书还没装订好，就出事了。后门排水沟里排出来的水有问题，到了龙泉河里，只要是动物一接触到，就变大了。

左小龙问道：哪本书？

刘必芒往桌上一指，说：这本书啊。

左小龙拿起一看，是韩寒的《毒》，看罢往沙发上一扔，道：是够毒的，我料定，这人肯定也不是什么好东西。还搞出这么大一档子事，相比之下，上次来我们这里剪彩的那个小作家，我就觉得不错。你一个写东西的人，搞这么多事情做什么，把读者哄哄高兴不就可以了么。我觉得他倒是前途无量。

刘必芒只恨自己没有看过，不好发表评论，道：现在乱了，鸡都跟火鸡一样大，我都没想好这饭店要怎么弄。老百姓倒是高兴得不得了，他们自己养的东西一夜间都增值了，而且估计这里又要搞特色旅游和特色餐饮了。反正我不搞，这不是这里的特色，这里的特色我他妈的天天都在做，我做的才是这里的特色。

左小龙上前安慰道：想开点，新特色。

刘必芒情绪失控道：哪有这么多的新东西，哪有这么多的新东西，该新的不新，不该新的乱新，我他妈……

左小龙眼看刘必芒逼近爆炸，赶紧把他按在沙发上，说：来来来，别急，我给你讲讲这个镇上最近发生的事情。

刘必芒喝了一口水，道：讲，讲。

左小龙坐定，缓缓说：

这个镇上要组织一个文艺比赛，这个比赛奖金很高，很多人都在唱歌。

我也要参加这个文艺比赛。

我要办一个亭林镇合唱团，但是被别人办掉了。

我的合唱团招了第一个团员，结果是个哑巴。

我的摩托车修好了。

这个镇上的邮筒被人偷了。

飞车贼越来越多了，我也被抢了一次。

有个画画的姑娘很喜欢我，她还太小，我都没敢问她几岁。有个女的很有风韵，很成熟，我很喜欢，我想拉她到我的合唱团来。

这个镇上的当地人越来越少了。

我的温度计厂最近接到一个大单子，生意开始忙了。我又增加工作量了，我一次可以验十六支温度计，如果是个女的，我想就能验二十支了。

这个镇上的温度越来越高了，出门你就知道是夏天了。你不要老不出门。出去晒晒太阳，逆着风向走，走出这片工业区，你就可以闻到味道了。

这个镇上的环境越来越差了，有绿色的粉尘从天上掉下来。

你旁边的农宅开始拆迁了，这次给两百块钱一个平方。镇上的房价涨到四千了。你旁边会再开一个化工厂。

我把我写的信收回来了。我收到一封信。

就这些。

刘必芒听完后，心情平缓，说：虽然都不是什么好事情，但没有什么事情比小龙虾变成澳洲大龙虾更坏了。

这时，一个服务员兴冲冲跑进包房，抓着一只巨大的龙虾，上气不接下气道：老板，老板，好事啊，我们店后面捞起来的龙虾比澳洲龙虾还要大了，你看这个……哦……你摸这个，有半米大啊。现在那些外地人都去拿网捞龙虾了，还有人在钓，可是都钓不起来啊，我要不要赶紧把员工叫起来抓，我们就发了。

左小龙忙用手示意那人赶紧出去。刘必芒站起来，厉声道：出去，都不准抓。

员工白了刘必芒一眼，悻悻关门出去。

刘必芒激动道：左小龙，你看，这就是价值观，这就是价值观。我们的价值观为什么一定要用价值来衡量呢。这个世界天天在变，我们就不能不跟着它一起变么？我这几天在听电影，电影里说，他就像这个世界，这个世界是不会变的。我虽然看不见，但是我觉得他说得不对，我们什么时候安稳过了，我刚刚熟悉了这样，世界就要变成那样；我不喜欢那样，世界就不让我这样。这世界分分秒秒在改款，我就是这世界的对手，等我推出了新款的自己，它又改款了。我天天瞎在店里，都感觉那么明显，你天天在外面睁着眼睛，你不会没感觉到吧？我的土鸡做得很好吃，我天天都吃我的特色土鸡，吃了十二年，没有腻过。可是现在的人，才吃了三顿，就对我说，老板，你的土鸡很好吃，可是有没有新口味啊。既然好吃，那还要吃什么新口味呢？我每天给你一个新口味，那肯定说明原来的不好吃嘛。这世界就是土鸡，不变最好吃。

左小龙道：老板，可是我们在的地方，一直没有找到你土鸡的配方。

左小龙告别了刘必芒，刘必芒站在店门口向他挥手。今天他的店明显要比往日萧条，人们一定在家里享用大动物带来的新美味。店门口的音响里放着《初恋的地方》，夏日的微风拂来，刘必芒的中式长袖在风里舞动，他一直向着门口挥了两分钟的手，直到左小龙的摩托车发动，刘必芒才意识到挥错了方向，他又转身朝左小龙的方向继续挥手。左小龙大声喊道：不要挥手了，你回去吧。

这声音被掩盖在泥巴买的引擎的运转声里，没有人能够听见。但这裹满夏天味道的女声却穿透了机械的轰鸣。

我记得有一个地方

我永远永远不能忘

我和他在那里定下了情

共度过好时光

那是一个好地方

高山青青流水长

陪伴着我们俩

初恋的滋味那么甜

怎不叫人向往

刘必芒反复哼唱着这首歌，不见光明的眼角流下眼泪。一批批人拿着网兜和脚盆从他的眼前喧闹跑过，他们跑到河边喊着：只有本地人可以抓，只有本地人可以抓，这条河是属于本地的，外地人不能抓。

一个外地人拿着地图，跟随着人群，边跑边说道：你这条河是从安徽流过来的，我是安徽人，我能抓。

同行的还有一个河南人，他嚷道：俺也能，俺也能，俺是河南人，这个工厂的老板路金波也是河南人，这就是他的功劳，这就是河南人的功劳。

塞了两包烟后，就经过了在河塘边看守的村委会核准，他们也得以下河捕捞。这两包烟就意味着，这两个安徽人和河南人必须要抓到相当数量的虾才能抵消这两包香烟的成本。不过大家都是这么办事的。村委会的大爷说：这是一个讲道理的时代，你是讲道理的，但是，我负责看你有没有道理，而我们是不讲道理的。你去到哪里，都是这样的道理。

这是一个周末，左小龙蓦然间有点想念泥巴。他到了上次把泥巴放下来的地方，轰了三下油门，然后点燃一支香烟，烟抽了半支，泥巴已经站在面前。这次泥巴穿着背带裤，显得更加洛丽塔。她背着书包，穿了球鞋。

左小龙问：你拿书包做什么？

泥巴说：我说出去做功课咯。其实书包里……嘿嘿，你看——

说着，她把书包打开，里面是一个黑色的头盔。泥巴吃力地把头盔从书包里取出来，递给左小龙，问道：怎么样，好看不好看？

左小龙掂量着，说：是全盔啊，谢了，我过来是真的想来找你，不是来拿头盔的。我也不知道你的头盔今天到。这头盔很好，拿着就和这里那种几十块钱一个的不一样。

泥巴把头盔又拿回来，摸着说：当然咯，我选最贵的给你的么，这是别人比赛用的头盔咯，要三千多咯，这里当然买不到了。而且你这样一戴，你戴一戴么……

左小龙把头盔戴上，这头盔紧紧地包住头部，没有丝毫的晃动，他说道：泥巴，你不用买这么好的头盔的，我的脑袋都不一定值这个钱。我富裕了把钱还你。发动机的钱先给你。

泥巴只看见左小龙的脑袋在头盔里，嘴巴一张一合，头盔玻璃上都是哈出来的气，完全不知道他在说什么。但这就是机缘，因为泥巴从小最讨厌听人家跟她说钱不钱的事。她家境很好，所以她觉得金钱是感情里最不干净的东西。左小龙可能终于对着她说了一句会让她很不喜欢的话，但她听不到。

泥巴拿出一本大开本的书来，重重地砸了左小龙后脑勺一下，问道：怎么样，痛不痛啊？

左小龙只觉得头盔被砸得更紧了一些，忙摘下头盔说道：好，一点没感觉，怎么摔跤都不会有问题。

泥巴说：是啊，我没买露出脸的那种嘛，我觉得，不能让你老是把脸露出来臭美。来，看看这个头盔从正面砸会不会受伤。

说罢，泥巴把书卷起来，让左小龙戴起头盔，正面又砸了一下。左小龙被震得快脑震荡，连忙岔开话题道：这是什么书，这么厚？

泥巴把书摊开，上面赫然写着：政治。

左小龙道：难怪这么厚，废话最多嘛。泥巴，我带你去看好大好大的动物。

说罢，左小龙把头盔递给泥巴，说：你先戴着。

泥巴接过头盔，默默把头盔系上，沉默片刻，说道：带我走。

左小龙转身大声问道：什么？

泥巴喊道：走吧，没什么。

其实这不是泥巴的第一次恋情。两年前，泥巴喜欢一个男孩，但是当泥巴坐上他的摩托车时，他把唯一的头盔系在了自己脑袋上。从此以后泥巴再没找过这人。泥巴想，如果有人能把唯一的头盔留给她，那她就一直跟着这人，一日是他的女人，终生是他的女人。

左小龙开得稍快一些，夏天的虫子撞在脸上隐隐作痛。而且是变大了的虫子。泥巴在后面抱着他，但苦于戴上头盔以后脑袋不好搁在自己爱人的肩膀上。左小龙说：走，带你去看这个疯乱的世界。好大的动物。

泥巴一句都听不见，只知道跟着左小龙去往随便什么地方。

左小龙把泥巴带到了雕塑园里，老鹰般的飞禽和左小龙的摩托车并排飞行了许久，砂石路上摩托车卷起的灰尘在阳光下久久不能散去。左小龙把泥巴带到自己住的地方，把车停好，帮泥巴把头盔摘下。泥巴惊奇地环顾四周，问道：这是个什么地方？

左小龙说：这是个没有人的地方。

泥巴说：那为什么这里有个邮筒？

左小龙看了一眼邮筒，道：泥巴，这是民国年间的邮筒，是一个雕塑。

泥巴上前抚摸着民国邮筒，道：民国的东西和现在的东西长得好像啊，这个邮筒和我几天前寄信的邮筒长得一模一样。

左小龙引领泥巴到了杂草里，说：你不知道这里，这里是一个荒废的雕塑园，往里面走，有各种各样的雕塑。来，跟我来。

泥巴挂着左小龙的手缓步走进杂草里。左小龙本想让泥巴拜一拜关公，无奈杂草乱生，左小龙都一时找不到那座雕像。远端最高处的自由女神像在一人高的草里是唯一能看见的东西。两人在行进的过程里，时不时能看见唐老鸭、慈禧太后擦肩而过，但左小龙都不想停留，他急着寻找关公，因为他要向泥巴讲述他心目中楚霸王关羽霸王别姬的故事。

泥巴对左小龙说：停一停吧，我走不动了。

左小龙就地停下，把四周的草踩平。突然间，他发现有一座雕像横躺在地上，已经碎裂。左小龙上前仔细打量。泥巴问道：他是谁啊？

左小龙找到雕像的脑袋，端详半天，道：是孙中山。

泥巴也上前看一眼，说：是他，我前几天上课的时候刚刚看见书上有他的大头贴，是他。

左小龙把雕像按照人形重新拼了起来，说：泥巴，其实我想带你看的是……

泥巴突然间大叫了起来。

左小龙连忙站起来，问道：怎么了？

泥巴说：这个是你要送给我的礼物么？你是不是想要让我看这个？

左小龙问道：哪个？

泥巴一手捂着嘴巴，意在吞下自己的诧异，一手指着旁边的天安门雕像。左小龙一看，果然有一个天安门在自己的脚下，左小龙不解的是为什么天安门会做那么小。他问泥巴：泥巴，你爱北京天安门么？

泥巴说话还在颤抖，说：是，不是，是……你看。

左小龙后退三步，把身后的草劈开，托着下巴看了半天，说：做得不错，挺精致的，连主席的像都在上面。

泥巴摇手道：不是，不是，你看。

左小龙看着泥巴，问道：看哪里？

泥巴说：你看，你看天安门城楼的里面。

左小龙蹲下往天安门的门洞里看半天，禁不住也往后退了三步，一脚踩在孙中山雕像的脑袋上。泥巴轻声问道：你看见了没有？

左小龙咽了一口口水，说：我看到了，它也在看我。

泥巴说：它它它好可爱的，你把它抓出来。

左小龙有点犹豫，问泥巴：你看清楚里面是什么东西了没有？会不会是蛇？

泥巴说道：当然不会是，我看到它有毛的，还是双眼皮的。

左小龙脑子里一时描绘不出一个有毛的双眼皮动物是什么样。但他觉得今天这个情形下，必须舍生取义了，有一个视自己为英雄的小女孩在旁边看着他，说什么也得把这个东西抓出来。左小龙看了一眼泥巴，一咬牙，直接上前把天安门雕像挪开，深呼吸一口气，脑子里一片慌乱，等两眼对焦准确以后，他发现是一个圆乎乎的东西，瑟瑟发抖地看着自己和泥巴。这个球状的东西他似曾相识，似乎在不远的过去……

泥巴突然在旁边叫道：比卡丘！

左小龙弯下腰仔细一看，果然和信纸上的玩意儿长得八九不离十。他忙问泥巴：原来这世上真有比卡丘。

泥巴说：真的有，谢谢你送我一个比卡丘。

左小龙慢慢蹲下，小心翼翼把小圆球掬在手里。它不知所措地看着左小龙，两只爪子放在胸前。左小龙觉得自己坠入童话，转身看向泥巴。泥巴不知所措地看着左小龙，两只手放在胸前，动作和这个球完全一致。左小龙突然觉得自己不知道要和谁说话去，在这片茫茫的深草中快要抓狂。他问泥巴：泥巴，这到底是什么动物？

泥巴上前一步，说：这是龙猫啊。

左小龙说：这到底是龙还是猫啊？

泥巴说：其实它是老鼠。

左小龙崩溃道：那这到底是猫还是老鼠啊？

泥巴说：这是龙猫，就是比卡丘。谢谢你。

左小龙把龙猫放到泥巴的手里，说：这么复杂的生物，交给你吧。

泥巴顿时对左小龙失去了兴趣，眼里只有这只龙猫。女性就是如此，无论她多爱一个男人，只要有一个外观蠢笨的毛状动物出现，她马上可以在短时间里忘却自己的心头好。泥巴把龙猫抱在自己的怀里，喃喃道：猫猫不要怕，猫猫不要怕。

左小龙说：它不是老鼠嘛，你应该对它说，不要怕猫猫。

泥巴说：哼，你不懂小动物的。我们给它取一个名字吧。你的摩托车的名字是我起的，我的宠物的名字也要你起耶。

左小龙说：不，我最恨起名字。

泥巴说：猫猫给你抱一抱嘛，快给我们的猫猫起一个名字。

左小龙说：就叫猫猫呗。

泥巴抚摸着龙猫，道：不行嘛，它是老鼠。

左小龙说：那就叫鼠鼠呗。

泥巴说：你好好起嘛。

左小龙问道：你为什么自己不起？

泥巴说：我要把猫猫留在我身边，这样以后每次叫它的名字都想起是我男人起的，我心里就会很开心。

左小龙说：那就叫比卡丘。

泥巴说：不行，再想。

左小龙不耐烦道：那就叫比比呗。

泥巴反复吟诵道：比比，比比，比比……你觉得叫比比好么？

左小龙不想再纠结此事，忙说道：好听好听，比比最好听。

泥巴突然坚决否定了，说：不行，不能叫比比，不好听。

左小龙又崩溃了，小萝莉就是在这方面最难缠，她们从不为自己的生活而现实，不问你每个月的收入是多少，你的爹妈有没有死绝，不会因为你没有地位而看低你，不会要求你给她们买超越她们社会地位的东西，她们的心思是最纯真的，她们的身体是最纯真的，她们的爱情就是爱情，哪怕你有朝一日变成反革命。但她们往往会在类似给龙猫起名字的问题上纠结。

左小龙却对类似的问题丝毫没有兴趣。他反而在想，这个迷幻的地方，说不定可以带黄莹过来，浪漫不就是不切实际嘛，这里就是一个不切实际的地方，说不定在这里可以一举把黄莹给吻下。左小龙想得入神，泥巴推了推左小龙，左小龙猛然回过神来，看见眼前四只大眼睛瞪着自己，不知道说什么好。

沉默半天后，左小龙说：泥巴，今天带你看的就是这些，我们走吧。

泥巴低头应着，抚摸着龙猫，尾随左小龙往前走。雕塑园里一模一样的植物和不同模样的雕像组成的迷宫让两人走了半个小时都没有看见出路，只有一个残缺的自由女神杵在他们的远方，无论怎么走，他们都只能看见自由女神的大屁股。左小龙一度以这个雕像为参照，想着只要远离她，一定就能走出来，但无奈他们似乎一直在原地绕圈，连龙猫都变得焦躁不安。从左小龙到这个雕塑园起，这个自由女神就是屁股面对着他，那就意味着她屁股的方向就是左小龙正确的方向。但无奈洋人的屁股太大，范围太广，人家是东南西北屁股只能面向一方，但这洋妞的屁股面向了三方。这增加了左小龙找到出路的难度。

左小龙对泥巴说：泥巴，我们迷路了。

泥巴毫不在乎地说：哈哈真好玩。

左小龙说：不过不要紧，有我在，不要紧。

泥巴说：嗯，我跟着你。

左小龙说：你这个猫……老鼠抱着累不累？

泥巴说：不，它很软的。

左小龙问道：你打算怎么办，这个。

泥巴说：我要把它给你养，你老是一个人，你很孤单的。

左小龙说：你养吧，你看到我的时候，我当然是一个人。

泥巴说：不，我家里不让我养动物的，你养它，每次见我的时候你都把龙猫带过来。我想见到你们两个。

左小龙说：再说，我们出去再说。

此时天色要发黑，风吹过杂草真让人觉得舒服，但如果夜色一黑，各种虫子，而且是变大了的虫子就要出来。左小龙有些心急，脚步也加快了，泥巴悠悠然跟在后面，两边张望。左小龙问道：你在看什么呢？

泥巴回答道：我在看能不能给我们的猫猫找到一个伙伴，它一个人多孤单啊。

左小龙说：一个就可以了。

泥巴嘟起了嘴，边走边踢着草，对着手里的龙猫说道：猫猫猫猫，我们不要理爸爸，他是坏人，他……啊……好多苍蝇啊。

左小龙停下脚步，回头看果然是一片小飞虫编队经过。

泥巴疑惑道：这些苍蝇好瘦啊。

左小龙忙把自己身上的短袖脱下，套在泥巴的头上，道：快走，这是蚊子，别让它们咬了，走，走，跟紧我。

泥巴把短袖罩在脸上，跟着左小龙在杂草里奔跑，她也不知为何要奔跑，只是跟着自己的郎君。左小龙赤膊在前面奋勇劈开越来越稠密的杂草。泥巴说：我们是不是……

左小龙喊道：不要紧，我们要快点，天黑了就不好了。

泥巴边跑边说道：我们是不是跑到深处去了啊，我连那个女神都看不见了。

左小龙停下来，屏住呼吸，看着四周，都是一样的景致，连自由女神残像都看不见了。不是因为草遮住了女神，而是草遮住了视线。最后一眼的时候，左小龙看见自己终于是正对着女神的脸，他在慌乱中发现，原来这具自由女神的五官还没有雕刻上去，她的脸只是一个球面，但是这球面却仿佛有表情，他明显感觉，自由女神向着她笑，并且是嘲笑。左小龙愤道：妈的，连个蛋都笑我。此时四周的草已经有两人多高。左小龙有点绝望，他等自己的呼吸平复一下，看夜色将至，太阳已经落在地平线下，剩下的只是在世界里乱扑的光芒，只等在不断的撞壁里慢慢消减，等待数秒后的漆黑一片。左小龙摸了一下龙猫的脑袋，把泥巴搂在怀里，低头长吻。等两人睁开眼睛的时候，除了天上有颜色以外，四周都是墨黑。泥巴已经只剩下轮廓，此时不知道她是什么样的表情，反倒是那只龙猫两眼放光。

泥巴问道：我们……

左小龙说：等几分钟，我们的眼睛就能看清楚一些了。

泥巴依偎在左小龙的身上，等待她心上人的眼睛可以看透夜色。忽然间，周围真的亮了起来，若隐若现的白炽灯光芒把周围照亮了一分。

泥巴说道：有灯，有人给我们送灯来了。

左小龙说：你听到脚步声没有?

泥巴说道：没有脚步声。那是灯自己给我们送来了。

说罢，泥巴自己吓得一个哆嗦，左小龙也被泥巴吓了一跳，这可爱明显不合时宜。左小龙大喊一声：谁!

四周没有任何人回答，但这光芒越来越近，而且断断续续，没有任何风吹草动的声音。左小龙让泥巴后退一步，把自己的皮带抽了下来。

泥巴突然一副视死如归的表情，把龙猫放在地上，开始解自己胸前的扣子。

左小龙连忙上前把泥巴解开的一个扣子系上，小声说：泥巴，你误会我了，还没到最后一搞的时候，我要和这个……这个……我可能要和这个东西斗，你让远点，看我不行的话，你就跑，把你那个那个龙猫扔下就跑。

泥巴说：我不跑。

左小龙说：你别傻了，你看这光越来越亮，我都已经可以看见你脸上的害怕了。

泥巴说：我不怕，我不怕，你有什么要说给我听么。

左小龙没有回答，抬头张望，把皮带的铜头向外。在微光下，泥巴看见左小龙的肌肉发亮，她说：我会帮你的。

白色的圆盘悠然在他们的头顶上飘过，左小龙和泥巴仰望着光芒。左小龙往旁边挪了一步，忽然间凄厉的叫声传来，左小龙忙握紧皮带，问泥巴：什么声音？

泥巴带着哭腔，蹲下身，道：你踩了我们的猫猫一脚。

左小龙忙回到原来的位置，说道：无心的。泥巴，这是个什么东西？

光芒又盘旋了几下，熄灭了一秒，又缓缓亮起。泥巴赞美道：好大的萤火虫哇。

左小龙把思维拓宽，踮起脚仔细看，果然是一只萤火虫，他顺手把萤火虫摘了下来，分不清楚哪里是屁股哪里是头。但在此刻这已经不重要，有奶就是娘，发亮就是强。左小龙捧着萤火虫，对泥巴说：泥巴，我的判断是，今天晚上，我们可能走不出去了，虽然我们现在有灯了。

泥巴说：嗯，那就走不出去吧。

左小龙说：我帮你把这片草踏平。

左小龙往前走了一步，借着萤火虫的光把草踩在地上，突然间，他发现，眼前就是一条河流，刚才自己是在这片野草的最边缘。

左小龙转头说：泥巴，我们走出去了。

泥巴觉得自己不知为何有点失望，说：那外面是什么？

左小龙说：外面是河，应该就是路过雕塑园的龙泉河。

泥巴说：我们到河边了，有船么？

左小龙把萤火虫举高了一点，说：看不见。

这时，泥巴手里的龙猫开始不安分了，它对着萤火虫吱吱直叫，萤火虫也加快了自己明暗的频率。

左小龙说：这两个是不是仇人……

泥巴缓缓说道：不，它们是朋友。

左小龙把皮带重新束回裤子上，问道：你怎么知道？

泥巴道：它们就是朋友，你放开萤火虫。

左小龙有点不舍地放开了萤火虫，萤火虫往空中飞了几米后，缓缓飞到龙猫旁边，绕着龙猫公转。但因为泥巴捧着龙猫，所以萤火虫只得绕着泥巴转，每次转到被泥巴的身体挡住的角度，龙猫就开始着急，而萤火虫也会马上升起，直到看见了龙猫才会缓缓降下。

左小龙惊奇道：它们真的是一对。

泥巴说：是萤火虫来找龙猫了。

左小龙问：可是，它们两个是没有结果的。

泥巴说：你胡说。它们是有结果的。

左小龙不屑道：它们能有什么结果？它们能生出来一个什么，一只萤火虫？一只龙猫？还是火龙？

泥巴倔强地道：那火龙就是结果，虫猫也是结果。

左小龙拎了拎裤子，道：那你不是要把龙猫带走了么，它们不就分开了。

泥巴说：不，不分开。

左小龙说：怎么，你终于想明白了，把龙猫留下了？

泥巴坚定道：不，一起带走。都由你来养。

左小龙一下后悔了，说：泥巴，你把它们留下吧，这个地方才是属于它们的。

泥巴决心已定，说道：不，不，不，它们在别的地方也会在一起的。

左小龙说道：泥巴，不是的，有些男女朋友，只能在有些地方才能在一起，如果不在这个地方了，一定会有人离开的。

泥巴听着，忽然间落下泪水，萤火虫连忙暗了下来。泥巴说：那如果你不在这里了……你带我走。

左小龙说：我会留在这里的，我在这里有好多好多事情要做，我只是不知道要怎么做，我要把这里变成我熟悉的喜欢的样子。我带你走也只是从这头走到那头。

泥巴完全不理会左小龙的梦想阐述，只听到最后一句，便说：那就够大了。

左小龙弹了萤火虫一下，萤火虫重新亮起光芒，照耀着两人的脸。左小龙说道：因为你还小，所以你觉得这里够大，如果你够大了，这里就小了。

忽然间，水里传来声音，一个老人划着船停到岸边。他招呼左小龙和泥巴上船。泥巴抱着龙猫上船，萤火虫也跟随着到了船头。老人笑道：哟，你们谈恋爱带了一个电灯泡啊，还是无线的。

左小龙问道：老伯，你在这河里做什么？

老人说道：我在里面抓鱼，可是我今天抓到的鱼都太大了。我要抓到正常大小的鱼。

左小龙说：鱼大不更耐吃嘛。

老人道：哪有一夜之间变大的道理啊。我不敢吃。

左小龙转身对泥巴说：泥巴，这里所有变大的东西，你都不能碰。

泥巴只关心左小龙，问道：那万一你变大了呢？

左小龙说：我是不会变的。

老人哼起歌谣，对泥巴说道：小姑娘啊，你的兔子真可爱。

泥巴说：爷爷，它是老鼠。

老人摇头道：我们要重新认一认以前的东西喽，都不认识了。前面就出雕塑园了，河在这里转了，过了转角，你就看见好多灯了，那里就是镇的东边了。你们从哪里下？

左小龙说：我们到公路边就下了，你把我们放在离镇子近一点的地方，亮一些的地方。我们自己走就可以了。

萤火虫停留在泥巴的手上，缓缓熄灭，泥巴说：你看，它睡觉了。它们两个真的是睡在一起的。

左小龙拨弄了一下龙猫，龙猫转了个身，屁股对着左小龙，钻在泥巴的怀里。泥巴笑道：谁让你踩了它。

划船的老人说道：过了这个转角，就出雕塑园了。

顺着水流，船缓缓转过了头，繁华的灯光在远处长明，各种颜色的光彩出现在泥巴的眼里。泥巴说：终于到了亮的地方了。

萤火虫突然腾空而起，发出炫目亮光，和远方的灯火对峙着，龙猫也探出头来，站直了身体。这是左小龙第一次看见这动物呈椭圆形。几秒钟后，萤火虫再次落下，掉在龙猫的身体上，失去光泽。泥巴着急问道：它怎么了？

萤火虫不再发出白色的光芒，围绕着龙猫和泥巴飞了一圈，暗淡地向雕塑园飞去。龙猫跑到了船尾，凝望着萤火虫飞回去，又缩成一个圆。泥巴突然间“哇”地大哭。

左小龙说：你怎么比龙猫还伤心。

泥巴哭得不能言语，断断续续对着划船的老人说道：爷爷，倒船。

老人说：你们的事啊，我不管，我不往前也不往后，我就在这里停下了，然后你们喜欢走就走，喜欢回就回。

说罢，老人将船靠泊在岸边。

左小龙和泥巴下了船。龙猫紧靠着泥巴，不住发抖。泥巴把龙猫头对准雕塑园方向放在地上，说道：猫猫，你去吧。

龙猫依然靠在泥巴的脚边。

左小龙道：它不想回去了。

泥巴说：那萤火虫该多伤心啊。

左小龙说：没事的，伤心几天又亮了。

泥巴说：真的么?

左小龙点一支烟，说道：它会找到别的老鼠的。你这只老鼠，也会找到别的老鼠的。你就别难过了。来，让我看看你的老鼠。

左小龙从泥巴手里接过龙猫，翻转过来，掰开了毛，借着路灯看了半天，说：你看，是个母的。

左小龙和泥巴顺着黑暗的马路，向着灯火闪耀的地方缓缓走去。这新世界充满了未知，但泥巴丝毫不觉得畏惧，因为左小龙就是她的世界。她只是有些惆怅，因为泥巴觉得他们应该有更加喜剧化的相识，而不是和龙猫一样成天竖起耳朵听着自己男人摩托车的声音。泥巴问道：你说我们两个人有缘分么?

左小龙回答：有。

泥巴说：那你说，在你不来找我我不去找你的时候，为什么我们总是没办法偶遇呢?

左小龙说：你要求真高，我们生在一个年代里，这就是缘分。

泥巴哦了一声，继续走路。捡来的龙猫已经在她的怀里睡着，刚才的悲伤已经不见。泥巴内心很矛盾，她既希望她的龙猫不要太伤心，又希望不要不伤心。她问左小龙道：你说，我们的猫猫为什么不是很难过呢？

左小龙不屑道：你以为它们真的很相爱啊。

泥巴说：你看它们两个的样子。

左小龙道：你看它的样子。

泥巴岔开话题道：为什么你从来不主动来找我说话呢？

左小龙没有回答。

他们走了一公里，灯火逐渐近了。随着夜深去，他们越走灯火越少，越靠近越凄凉。在这长夜里，泥巴希望这路永无终点，左小龙希望早点到头。泥巴突然转身说：我今天晚上不走了。我要和你睡。

左小龙一惊，想怎么又要和我睡。

泥巴见左小龙有点犹豫，问道：你难道不孤独么？

左小龙听得一丝凉意，说：我不孤独，不孤独。我孤独的不是这个。

泥巴问道：那你跟不跟我睡？

左小龙说：睡，睡睡。

他们花了一个小时到了雕塑园左小龙的棚里。他的西风摩托车还停在门口。左小龙舒了一口气，他总担心自己的摩托车被人偷走。泥巴充满好奇地走进左小龙住的地方。有一张吃饭的桌子，上面还放着泥巴的信纸，泥巴拿起信纸，对着灯看。左小龙吓了一跳，以为她要找笔画的痕迹。泥巴看了半天，道：你看，比卡丘和我这个长得很像的。说着，她把她的龙猫举了起来，逆光看着。突然间，墙角发出动静，左小龙和泥巴顺着声音一看，居然是五只……龙猫，它们在原地打转。

泥巴两眼放光，道：它们在做什么呀？

左小龙说：着急啊。

泥巴不解道：你怎么知道它们在着急啊?

左小龙说：你回不了家，你着急么?

泥巴说：不着急。我今天就不回家。

左小龙说：那就不说你了，你看，它们回不了家了。

泥巴问：它们为什么回不了家呢?

左小龙说道：因为……它们变大了，但是老鼠洞没变大，所以它们就回不了家了。

泥巴看着自己手里的龙猫，道：原来你真的是老鼠变的啊。

左小龙拿出一个铁镐，对老鼠洞扩工了一下。五只大老鼠钻了进去。泥巴试探着把自己的山寨龙猫也放到地上，它待着没有动静，直勾勾地看着泥巴。泥巴问道：它好乖啊，你说，龙猫应该吃什么呢?

左小龙道：老鼠吃什么，它就吃什么。

泥巴问道：那你有油么?

左小龙把桌子上的信纸整理好，道：我只有汽油。

泥巴问道：你平时都怎么洗澡?

左小龙回答道：浴室。

泥巴接着问道：那我怎么洗澡?

左小龙问：能不能用冷水?

泥巴看着他说：温水行不行呀?

左小龙说：你等着，我帮你烧。

泥巴看着四周。中间有一根莫名的柱子，四周都是简单的石灰，边棱都能用眼睛看见。床在一个非常奇怪的位置，四面都没有挨着。一个电风扇挂在床的上面，慢慢摇曳。桌子在窗边，窗外是比黑夜更浓的黑色，椅子翻在地上，还有一些柜子，分散在四周。泥巴忍不住问道：你的床放的位置好怪啊，是有什么讲究么？

左小龙道：当然有讲究了。

泥巴问道：是风水的讲究还是习俗的讲究？

左小龙摇了摇头，回答道：我没得选。电风扇就在那里。

泥巴问道：你没有空调么？

左小龙说：没有。

泥巴毫不犹豫道：明天我送你一个空调吧。

左小龙吓得连忙回绝：别别。

泥巴问道：为什么啊，那天热了怎么办？

左小龙走到墙边，刚踹了一脚墙壁，顿时墙上一个洞，掉下来很多石灰。左小龙说道：这不是用砖做的，挂不住空调的外机。算了吧。泥巴，你为什么不问我怎么住这里，做什么的？

泥巴笑道：不，不问，我会自己去想象的。

左小龙把椅子扶起，坐在窗边，想着他的合唱团。时间临近，合唱团只有一个人，黄莹也没有联系上，大帅似乎也无心搞这些，曲目也没有定，连名都没有报。这么想着，左小龙不禁摇了摇头。左小龙决定想些别的事情，他逼迫自己想，今宵真美好，虽然上次和泥巴在一个房间里的时候，她来了例假，以至于不能成行，这次总算可以结束自己处男之身，而且是和如此纯美的小女孩。虽然左小龙不似这个年龄的青年心思完全都在泡妞上，但他的感情经历其实不算单薄。在泥巴和黄莹之前，左小龙一共有过六个女朋友，而且每个女朋友都在他面前脱光过衣服。无奈而又无奈的是，造化弄人，上天无眼，每一次左小龙存够了钱得以开房间的时候，他的女朋友都会来例假。左小龙天生有点晕血，实在不想做爱都做昏过去。虽然每次因为左小龙不在例假的时候强上，他的女朋友都会夸奖他爱护女孩，但每次不等他存够另一次开房的钱，女孩们总是因为各种原因离他而去。泥巴是第七个。在第一、二次，左小龙还曾怨天尤人，但之后他已经服从了上天的安排，不再和命运做抗争，觉得这些都是上天暗示他要把第一次留给一个自己真正喜欢的人——这是多么可悲的想法，足以见得上天对他的伤害之深。因为往往只有女人才这么想。当然，造成这个困境说明左小龙在思想上也有一定的局限性，因为左小龙存钱有一个周期，这个周期往往和女性的生理周期统一了起来。但是只要解放思想，不一定都要在室内完成这事。如今，左小龙觉得自己已经找到了这么一个人，而且让他看见以后就起欲望，这个人就是——黄莹。不过问题是此刻在边上的是泥巴，他总不能把这个想法告诉她说，泥巴，等我上完某某以后就来上你。毕竟此事春光无限。左小龙回头看了一眼泥巴，月光从他刚才踹出的洞里洒进来，落在泥巴的身上，左小龙强作镇定，道：你洗澡吧。

泥巴问道：在哪里洗啊？

左小龙说：你就直接冲吧，在这个房间里，你看中哪里就在哪里洗，只要别在床上就行了。

泥巴开始解衣服。

左小龙为了缓解气氛，问道：泥巴，距离上次我们在一起睡有多久？

泥巴不假思索道：整整一个月。

左小龙想泥巴真的是爱他，每天都是掐着手指过日子，他说道：一个月……你记得真清楚。我都不记得了。

泥巴说：嗯，也不是，因为我今天又来例假了嘛。

夏天清晨的味道将左小龙唤醒，此时泥巴还沉睡在自己的肩膀上。左小龙低头看，再次感叹，真是一个好看的姑娘，但内心深处他总觉得这应当是自己的一个小妹妹，在夜色里还算好，但到了白天更是下不了鸟，她对着你作画，你怎能对着她做爱。左小龙轻轻把泥巴的脑袋放到枕头上，拿起摩托车钥匙，打算去镇上买点早饭给泥巴带回来。他被泥巴枕了一晚上的左手已经抬不起来了，他揉了揉肩膀，等力量恢复一点，将摩托车推出去几十米，发动以后往繁华地方去了。到了雕塑园的门口，他发现有一大堆警察在维持交通，道路已经彻底瘫痪。左小龙的摩托车还能够前行。越往前走，越是触目惊心。他从来没有见到亭林镇出现过这样规模的堵车。左小龙一时忘记了要买早饭，他打算去寻找堵车的源头。在这源头必定发生了大狠事。

左小龙顺着堵死的汽车开了两公里，还是不见有任何恢复的迹象。他想，莫非是什么东西变成了恐龙，把亭林镇给踏平了？他遥望远处，看见亭林镇上最高的中国电信的大楼依然矗立。隐约间，他似乎看见了焦点，那里有着最密集的警灯闪烁。

左小龙开到那里，看着四周，但是和其他骑摩托车的一样，戴袖章的城管让他们赶紧通过，不要看热闹。左小龙在边上瞄了一眼，发现每辆车都被拦停，所有的车门和后备厢都开启，经过巡查以后还要让警犬再嗅一遍。

左小龙没有问的机会，就被赶着往前开了。到了镇上，明显巡逻的警车增多。买完早点，他跨上摩托车，从另外一条马路往外绕，但一样因为设卡查车而堵死。摩托车在这时候就让车里的人好生羡慕。左小龙开到刚才那个路口，忍不住好奇，找了一个年轻的警察，问道：你好，这里到底发生了什么？

警察回答道：赶紧走，赶紧走。

左小龙不放弃，道：你告诉我一下有什么事么，说不定我还能帮上忙，或者还掌握些什么情况。

警察不耐烦，道：有个小女孩失踪了，你帮得上忙不？

左小龙张大了嘴。警察问道：怎么，你知道？

左小龙连忙掏出一个馒头塞在嘴里，道：不知道。

左小龙连忙开进雕塑园的土路上，为了防止有人盯梢，他还特地开着摩托车往草里躲了一会儿。眼见没动静，又骑车出来，绕到房子边，喊道：泥巴，起床，早饭。

喊了两声没动静，左小龙赶紧进了屋子，仔细一看，床已经整理好了，但已经没人，环顾四周，发现昨天的那个洞上贴了一张纸，纸上写着：我走了，记得洗床单。

左小龙把床单翻了一面，躺在上面。他突然意识到，今天这么大的事件，其实是由自己一手造成，成就感隐约而生。

夏天和雨水一起到来。

距离亭林镇的物种变大已有一周，在此期间，各个电视台就此神奇的事件进行过报道，《走进科学》也来到了镇上。镇上的领导非常重视，节目的拍摄时间为三天半。为了迎接节目组的到来，整个亭林镇发动了一场“做文明人，84个小时不随地吐痰”的活动。活动要求，在节目组到亭林镇的那一刻，所有的居民和工人都不准随地吐痰，做到有痰不吐，当场下咽。如遇一些不吐不快的群众，则必须做到不被节目组发现。

在迎接宴上，电视台的负责人表示，不用这么紧张，请随意，请随意，这些他们是不会管的，这也不是《走进科学》节目组的追求。《走进科学》节目的宗旨，就是走进科学，因为走了好几年，始终没有走进过科学，所以他们一定会坚定不移地只将这个作为目标，不为别的事情分心。节目负责人举例道，在某县城进行的一个关于那里的农户张某所种的一园胡萝卜为啥是白色的这个专题中，专业的节目组摄制人员正在对胡萝卜进行细致的特写拍摄，突然间，旁边学校的教学楼因为学生在上面追逐嬉戏而倒塌，造成了八十六人死亡，一百多人受伤。他们在第一时间通知了电视台新闻组，在新闻组到来之前，他们始终都没有将镜头偏离过胡萝卜。这就是专注，这就是职业精神。

镇长大声叫好，说：你们这种心无旁骛的精神，正是改革开放中缺乏的，也是很多新闻工作人员所缺乏的。我敬你们一杯。

节目组导演端坐着说：客气客气。正因为有执着的精神，很多的疑问都被我们一一解开。

镇长问道：教学楼倒塌这个我不关心，但是为什么那里的胡萝卜是白色的呢？

导演得意地看了工作人员们一眼，慢慢说道：这个节目调查得很艰辛啊，我们在当地驻扎了两个多月，中科院、农科院的很多专家同志也过来了。我们对这个胡萝卜的生长进行了监控，台里对这个节目也非常重视，因为当时怀疑是太阳的黑子运动导致了胡萝卜变白，台里还特地请了宇宙学家，对太阳的黑子变化进行了监控。

亭林镇负责陪同的领导在旁边频频点头，听得入神。

导演继续说道：后来，我们发现，都不是这些原因造成的胡萝卜变白。我们就考虑到了水源。我们请了北京的水质专家，来这里进行了调查和化验。经过化验，发现这里的自来水虽然各方面都有超标，但是，只有人类食用了才会有害，对植物是没有危害的。得到了这个消息以后，节目组就陷入了困惑。也有人提议，是空气质量出了问题，我们连忙请来北京的环境监测专家到这个地方监测，和水质是一样的结果，监测结果显示，虽然空气的污染严重超标，但这仅仅只能导致人类患上各种心血管疾病和癌症，并不能使植物发生变异。这么一来，我们节目组的思绪就被打断了。

说着，负责陪同的一位小同志手机响起，镇长连忙摆手示意，小同志没敢看手机，连忙把手机关了。

导演喝了一口啤酒，继续说道：后来，我们节目组就怀疑，会不会是肥料出现了问题，经过询问，他们用的是人粪浇灌。而经过农户的回忆，他家后面的粪池里当时不光有他的粪便，还有他媳妇的粪便。但是现在粪池改造，已经失去了当时的一手资料，而且他的媳妇现在正在外地打工。本着科学的态度，我们节目组决定现场还原肥料。节目组派了一组人员，找到了在省会的KTV打工的张某媳妇，我们要求她为我们取便。一开始张某的媳妇态度不是很配合，她主要考虑的是，万一真的是她和她老公的粪便混合物产生的某种物质导致了植物的变异，会不会被抓起来。我们节目组对她进行了耐心的说服工作，说，如果监测下来结果真的是这样，你不要害怕，你要相信电视台。这样，张某的媳妇就很配合地排便了。我们栏目组在取得了张某媳妇的大便以后，连夜赶回了张某所在的县城里。但我们自己没有敢轻易地混合这来之不易的粪便，我们请来了全国顶尖的法医专家，法医到来以后，根据当时的温度、湿度以及粪便和尿液的混合程度，用计算机进行了大量的计算，在实验室里为我们混合模拟出了一个最接近当时情况的肥料。

饭桌上所有的人都边吃着菜边听得入神。导演继续自豪地说道：在肥料混合完成以后，我们在另外一个地方找到了一些作为样品的胡萝卜，我们对胡萝卜进行了浇灌，并且用摄影机记录了一个多月的生长过程，但是，遗憾的是，最后，胡萝卜还是没有变白。

镇长问道：那这个到底是怎么回事呢？这胡萝卜怎么会变白呢？

导演打断道：这正是我最后要说的部分，我们节目组没有放弃，经过了一夜的会议和专家的猜测，我们决定，把种子拿回北京，在北京先进行化验，看看是不是这个种子的基因产生了变化，从而导致了胡萝卜变白和变胖。必要的时候送去美国化验。但我相信我们祖国的遗传基因学领域是可以破解这个难题的。在我们拿到种子的一瞬间，答案揭晓了。

所有镇上的领导都很着急，屁股都离开了椅子。

导演说：摄影小刘敏锐地发现，包装袋上写了三个字：白萝卜。答案终于揭晓了，原来张某是个文盲，他买错了种子，种的是白萝卜。在揭开了这个谜底以后，我们节目组的很多同志都哭了，这两个多月的辛苦终于得到了回报。

镇上所有的人都松了一口气，镇长站起来道：我代表亭林镇，为我们的《走进科学》栏目组敬上一杯酒，你们这种认真的科学态度，孜孜不倦的精神，永不放弃的决心，我听了很感动。科学，是社会发展的重大推动要素，在政治正确的前提下，只要提倡科学、提倡节能、提倡创新，这个社会的进步是不可估量的。你们正是急先锋啊。

导演端起酒杯，一饮而尽，一抹嘴，道：后来这个节目得到了台里的高度表扬，台里负责审片的领导认为，正是因为这位农民文化水平低，所以才出现了这样的事情，导致整个国家的电视台投入了一百多万来进行研究，如果他识字，那国家就不会出现那样的浪费，所以，归根结底，是因为这农民的文化水平低而导致了这次一百多万元的浪费，这是一个很好的反面教材。

席间掌声雷动。

突然间，刚才手机关机的小同志痛哭了起来，旁边的人不住安慰他。席上的人都站了起来，纷纷问道：怎么啦?

原来，这位小同志的母亲身体情况一直很差，刚才突然恶化，家人觉得让儿子赶回来是来不及了，所以拨来电话，希望可以让母亲和儿子最后说几句，不料电话被摁掉，手机还关机，等他开机的时候，收到短信，他母亲已经去世。

镇长一听，颇为唏嘘，大家的情绪都很沉重。需要安慰人心的关键时刻，书记出马了，他走到了那位小同志旁边说：小孙啊，你是在工作的时候，你母亲去世了，你是一位好同志，在刚才这样的时候，你还坚守在工作岗位。小孙，你赶快回去吧，但是你要记住，虽然你失去了母亲，但组织就是你妈，党就是你妈，祖国就是你妈，你妈的这件事，我们镇上一定会很关心的。去吧，去你妈的医院吧。

宴席散去。《走进科学》节目组开始扎根在亭林镇。镇上送去了红包，希望《走进科学》节目组可以多留一段时间，一直留到亭林镇波波杯文艺晚会开始，顺便报道一下他们这个镇的经济文化建设以后再离开。

在这时间里，左小龙已经逐渐地放弃了他组建亭林镇合唱团的想法。因为他去街上找人，所有人都问他：有钱么？左小龙说：只有得奖以后的分成。大家都是没有信心的人，从来不会把宝押在自己的未来上，所以没有人愿意加入左小龙的合唱团。左小龙的新想法是：他、大帅、哑巴三人组成一个组合，他再去找黄莹，如果人家真的有革命的浪漫主义精神，答应了左小龙，那最好，四个人也是一个小组合。

大帅的意思是：你先搞定黄莹吧。

小地方的好处就在这时候显现出来了，虽然不知道怎么样才能找到黄莹，但是左小龙可以等。在上次遇见黄莹的地方，左小龙在差不多的时间守候在那里。但这次，左小龙的信心大增，因为他有了自己摩托车的助阵。最近雨水繁多，虽然是个好天，但是地上依然留有积水，左小龙的摩托车没有装难看的挡泥板，所以甩起的雨水在他的白T恤背面留下一道道泥渍。他戴着泥巴送给他的头盔，亭林镇被隔绝在他的世界之外，光怪陆离地安静存在。左小龙开得很慢，摩托车的悬挂和轮胎抚摸过每一寸地面，车轮每一个褶皱和起伏都在左小龙的脑海里呈现，精准细腻，就像用舌头舔过地面一般。空气中的异味被雨水暂时掩下，所有的人都容光焕发，鼻孔放大，在呼吸这难得的空气，好比放了屁的车厢里终于摇下了车窗。但随着雨水的蒸发，一切还是原样。

左小龙到了地方以后，依然闲来无事点上一支烟。他已经做好了在这里等一个下午的准备，也做好了不小心遇见泥巴的准备。

熟悉的踏板车声音从身后传来，左小龙听到后立刻知道，这就是黄莹的小踏板的声音，他突然明白，难怪泥巴能分辨他摩托车的声音。

左小龙连忙发动起自己的摩托车，摘下头盔，打算等黄莹从身边过去以后再追上。

左小龙偷看了后面一眼，黄莹穿着印花连衣裙，缓缓停在左小龙的旁边，打招呼道：喂，小子。

左小龙下意识回答：到。

黄莹下车，拍了拍左小龙的摩托车，说：干嘛呢你，晒太阳啊？

左小龙没敢看黄莹，视线只敢在黄莹人形的上下左右飘忽，说道：呵呵，这个，找你说事。

黄莹继续坐在她的踏板车上，道：说吧，什么事？

左小龙定了定心，说道：这样的是，这样的事，我啊，在弄一个合唱团，打算参加那个那个波波杯，不知道你有没有……档期。

黄莹毫不犹豫道：不行哦，我要独唱的，每个人只能参加一个项目，不能重复参加的。今天我让文化站的罗老师给我写了一首歌，词也填好了，你看，怎么样？

说着，黄莹不知道从没有兜的连衣裙的什么地方掏出一张纸，摊开给左小龙看，上面是谱子和歌词，左小龙看得懂歌词。歌词是这般的：

到夏天
最美好的季节
总会有男子
很准时
钟摆般出现消失
怀念
他的挥手告别
他无故狂野

他的不屑

总让我不顾一切

他燃烧了自己的白T恤

再告诉我

玩火也是乐趣

他们说这是堕落

无休止的堕落

是致命的错

是灾祸

不得祝福

不得结果

就让我如愿坠落

如你烟头坠落

眼神变得落寞

是赴汤蹈火

也愿意去做

在给左小龙看的时候，黄莹还在一边吟唱。左小龙假装看得认真。黄莹问他：小子，你识谱么？

左小龙说：简谱识。

黄莹说道：哟，你还识谱啊。

左小龙道：我认识1，知道是多，然后数上去，就认识了。

黄莹笑道：你觉得这歌怎么样，独唱行不行？

左小龙说：好，不过这是首爱情歌曲。

黄莹不屑道：爱情歌曲怎么了？以前每次都是替别人唱歌，唱的都是别人安排的歌，这次我自己终于有歌了，我唱个自己的歌还不行？我的歌当然得是爱情歌曲，你还打算让我不唱自己的歌唱革命歌曲啊。

左小龙接话道：不是不是，就是，这歌是不是竞争起来吃亏一点啊。

黄莹说道：是啊，当时我的制作人也这么想，也想歌颂一下亭林镇的发展什么的，词都想好了，是“在亭林生活，我们很快活”，但是实在找不到什么地方可以把这句话给插进去。你看，“就让我如愿坠落，如你烟头坠落，眼神变得落寞，在亭林生活，我们很快活”，这实在不合适啊。反正只要加了这句话，名次就能上升一位，我问过文化站的评委了，他们都是这么说的，说光有爱情不行。

左小龙问：那你怎么办？

黄莹说道：老娘才不从呢。我一直给他们卖艺，让我唱这么恶心的歌，还不如让老娘去卖身呢。

左小龙听得心惊肉跳，不知道说什么好，只好念起歌词来：他，燃烧了自己的白T恤，再告诉我……

黄莹突然间打断他，说：喂。

左小龙一惊，烟头坠落在纸上。

黄莹把纸收过，道：别想歪了，歌词里没说你啊。

左小龙只能傻笑。

黄莹发动小踏板，道：我走了，再见啊。

左小龙只能毫无新意地送上祝福：再见啊，我们文艺晚会上见，你一定能拿第一的。

黄莹停车回头说道：不可能是第一的，我们都是在争夺第二。

第一当然就是亭林镇合唱团了。对了，你的合唱团叫什么名字?

左小龙愣了半晌，小声道：叫……亭东村合唱团。

波波杯亭林镇文艺大赛在炎炎夏日里准时开始了。这一天让整个镇的土著居民都有了盼头，在会场里终于可以随意讲着本地语言。在比赛临近的日子里，这里的文艺气息明显加重，空场上经常出现训练的人群。人人都在议论，五万元的大奖究竟要被谁拿走。但是，大家都觉得官方组织的亭林镇合唱团是最有机会的，而且这个合唱团唱的是亭林镇最新出炉的镇歌——《颂亭林》。这首歌的作词原来是文化站的同志们，但是后来因为镇长对此产生了兴趣，所以亲自写了一稿，再后来书记听说能作词，书记又写了一稿，最后，从亭林镇走出的官员中现任职务最高的省宣传部袁部长听闻此事，表示也要写一稿。亭林镇当然不敢怠慢，加上袁部长极有可能上调北京，所以火速将袁部长请回亭林镇，让他进行创作的采风。镇里表示，亭林镇的发展一日不见，如隔三秋，袁部长在外当官多年，承蒙当年袁部长打下的厚实基础，亭林镇现在的发展超乎了想象，所以，本着实事求是的精神，还是希望袁部长来走走。

袁部长来到亭林镇后，参观了工业园地，刚下车就被一只西瓜大小的蛤蟆吓了一跳，经过陪同人员的介绍，袁部长笑道：果然超乎想象啊。

陪同人员连忙称是：这比大跃进反生物规律多了。

袁部长一路走，一路吟诗，他的秘书将他的诗都记录了下来。镇上陪同人员只要看见袁部长一开口，就连声称赞道：好诗，好诗，部长文采不减当年啊。

袁部长都会回答：素材嘛，都是靠积累的。

整个考察的过程非常愉快，唯一出的纰漏就是有一次，袁部长开口吟了几句，旁边的人连忙说道：好！好诗！

袁部长不悦道：好个屁，我在接电话。

陪同人员脸色大变，连赔不是道：不好意思部长，我们没看到你拿起电话。

袁部长把无线的耳机摘下，道：蓝牙耳机你都不知道，怎么部署科学的发展观？

陪同人员惊诧道：我还以为是助听器呢。

袁部长的秘书连忙打断道：你怎么说话的？

袁部长说：罢了，罢了，夏风习习，童言无忌。

陪同人员忙拍手道：好诗！

在袁部长的采风之旅结束后，镇上的书记将曲子和歌词以及伴奏送到了袁部长的房间。袁部长拿起歌词，一看，道：这不是已经有歌词了吗？

书记连忙说道：不是，这不是正式的歌词，这只是为了方便部长填词特地先搞的一个样本。

部长看了看，道：哦，是这么回事。但我看了这个词，影响我的发挥，你还是让人都画成框框，该写词的地方就画一个框框，这样我就知道哪里要加几个字。

书记道：这个办法好，这样避免了先入为主。

部长又看了看，问道：这个词是谁写的？还是不错的嘛，不用多可惜啊。

书记忙说：不要紧，不要紧，这个是我写着玩的。

部长说：写着玩就写得很不错啊。

书记连忙改口说：不是不是，这个我是写了有一段时间的，花了很多脑筋的，但是一直不满意，早就听说部长的文采好，当年号称是华东八支笔之一啊，所以大家都想到了请你来写，我这个就当是给你参考参考，就当是给你充当充当框框嘛。你这个笔那么一润色，哦，不是润色……

书记忙把自己那稿抓回，嘱咐人全部涂掉，继续道：你这个笔一创造，肯定人口传唱。我们定下来了，每天上班后下班前都要组织各个基层的干部学习歌唱这首镇歌。我这才华，压力有点大啊。

部长哈哈大笑道：好，那我试一把。

在离开亭林镇前，部长就把歌词填好了。镇里马上组织合唱团学唱。书记看着歌词，觉得虽然和自己写的那稿不一样，但还是有点眼熟。一直到唱的时候，才发现原来那是镇长那稿和文化站那稿的结合体。但这也是情有可原的，官方歌曲，就那么点屁事和破词，经过了四个人之手，好比搓麻将，就那么一百多张牌，肯定大家手里都有重样的，很正常。但部长官大，所以最后一定是要用部长那一稿的，又好比搓麻将，谁职位高谁最后肯定赢，很正常。

众所期盼的一个夜晚到来了。这一天的夜色格外好，被污染成红色的天空映衬着晚霞，夹着酸味的凉风缓缓吹来。亭林镇的镇民早早就吃好了晚饭，在亭林镇大礼堂外，很多没有得到票的观众都聚集在河边，准备听现场直播。大礼堂的门口甚至都铺起了红地毯，这是亭林镇第一次搞如此大型的活动，每个领导都穿得不敢怠慢。经过安排，镇上的文艺工作者都被组织了起来，充当记者。这样，一共有五个文字记者、三个摄影记者、两个摄像记者、一个场外主持记者。每当有领导出现，务必保证有十个人簇拥上去，进行提问。虽然这些人可能昨天晚上刚和领导搓过麻将，但是在这个正式的场合里，还是要做好自己的本分工作，那就是制造排场。

主席台的第一排就在台下，按照官位的大小入座。电视台来的节目组导演被安排坐在书记的左边，而路金波则坐在书记的右边，他是这个节目的赞助商，也是亭林镇的大客户。路金波身着藏青的中装，胸前别着大红花，与在场的领导亲切地交流着。

亭林镇的大礼堂一共能容纳六百多人，同时也是电影院唯一的大厅。这个大礼堂坐落在河边，正在进行改造，已经改造了一半。现在礼堂里能容纳八百多人，加了两百多个座位。这次的售票充分采用了铁道部门的规章，分为软座、硬座、加座以及站票、门口票和窗票。软座一共四百席，是电影院的改造计划中的一部分，软座的票五十元一张，但基本都为关系户预留；硬座票四百张，票价三十元，对老百姓开放，采用了身份证登记然后再抽签的奥运开幕式规则，这样也可以避免外地人混入；加座是十五元一张，同样要凭本地身份证购买；站票十元一张，一样也需要本地身份证。接着就是大礼堂门外的看票了，大礼堂有三个门洞，每个门洞都可以看到会场和舞台，因为大礼堂本身有台阶，门洞是在台阶上的，这样就方便了管理，只要购买看票的，放上台阶就可以，其他人在外面听广播。最后一档为窗口看票，两元一张，唯一的缺点就是看不到舞台和容易起雾，只能看到观众席，但可以根据观众席上的反应来揣测舞台上的节目，是喜欢意淫的朋友的最爱。

过来捧场的观众明显超过了主办方的预期，而且因为站票的不可控制，所以会场里至少挤了有两千人，密度超过了春运的火车。

左小龙也来了。但他只是一个观众。他得到了一张加座的票。大帅没能够买到票，只能带着他招收的哑小孩在外面凑热闹。左小龙本来想给泥巴也买一张，但是他没有买到，因为泥巴没有身份证。左小龙这段时间情绪低落，他实在是没能做成任何事情，而且因为惦记着早点还泥巴钱，工作过于劳累，吃得太没营养，导致肛门发炎。纵然这样，他还是把插在自己屁眼里的温度计数量提升到了六支。这已经是极限了，再多，温度计的壁就不能碰到皮肤了，只能测量个屁温度。而且最近温度计厂特别忙，好像接到了一个大订单，每天都赶工，左小龙快支撑不住了，这个夜晚是他难得可以轻松的夜晚。

左小龙坐定，突然间旁边传来熟悉的声音，说道：是我。

左小龙往右边一看，是泥巴。他诧异地问道：你怎么进来的？你不是没买到票么？

泥巴说：我想进来就进来咯。

左小龙说：你怎么能挑位置的，坐在我旁边？票那么紧张。

泥巴撅起嘴有点不悦，道：我想坐哪就坐哪咯。你就当是凑巧呗。

左小龙扫视了泥巴一圈，问道：你是什么人？

泥巴嘿嘿笑了两声，没有言语，说：看节目吧。

突然间，窗外流光溢彩，天空被烟火照亮了。左小龙身在礼堂，不知道外面的热闹，买了看票的人都指着天空议论纷纷，神色兴奋。

后来，据大帅讲，这天的烟花是他这辈子见过的最美的烟花。烟花像瀑布一样撒落下来，绵延一公里长，最高的烟花足足插入了天空数百米，然后散开，就像上帝在弹烟头。在整整五分钟的烟火表演后，又不知道有多少发礼炮。礼炮声中，最后停放在河中央船上的礼花引爆，几个大烟花逆风而上，冲破烟雾，在空中爆成了一个字，这到底是个什么字，引发了很多群众的猜想。根据一河之隔的群众讲，他们看见的是一个“和”字，但身在对岸的大帅说，从这个角度只看见了一个“吐”字。

烟花结束，硝烟味道弥漫到了会场里。观众们纷纷鼓掌，节目开始了。左小龙没有鼓掌，他有些惆怅，因为在最后的时刻，他都没有放弃，他们三人练习了曲目，而且连后路都已经留下，实在不行，他就和大帅讲相声也得上。这是一个盛会，必须得赶上它，左小龙觉得，如果一开始做了观众，那么以后就一直是观众；如果一开始做了演员，那以后就一直是演员。

不幸的是，主办方无情地拒绝了他的报名，因为报名早在两周前截止了。他只能做一个观众。主办方告诉他，能做观众，已经是你的幸运。

聚光灯下，主持人上场了，不例外是一男一女。他们上场说道：各位领导，各位嘉宾，各位观众，大家晚上好。（掌声）首届波波杯亭林镇文艺晚会正式开始了。（掌声）

首先，请允许我介绍一下参加本次晚会的领导和嘉宾……

不允许！外面一个年轻人大声叫道，会场一片哄笑，领导面色难看。这位青年只是想早点看到演出。很快，他被维持秩序的警察带走了。但是这个罪名很难定，因为他的确有不允许的权利，可问题是他此刻没有不允许的权利。所谓师出有名，最后，警方控诉他违反了亭林镇图书馆“不准大声喧哗”的条例，被驱逐出看票区。

晚会继续进行。在介绍完嘉宾以后，节目开始了。

首先上台的是一出黄花戏。这出黄花戏是老剧新排，剧本由村委会进行了重新创造，歌颂了当地村民王秀梅的事迹。它讲述了这么一个故事：

在拆迁过程中，拆迁办遇见了钉子户刘大虎，刘大虎是一个光棍，而且父母双亡，祖上给他留下了一套房子。因为刘大虎的父亲死前给他的遗言是：儿啊，爹无能，就留给你一个房，你不要怪爹，好好看着咱的房。所以他不愿意搬迁。他是亭林镇最大的一个钉子户，因为他孤身一人，无牵无挂，没有工作，所以拆迁办很难下手——既不能向他父母施压，也不能让单位施加压力。拆迁办用尽了一切办法，断水断电断煤气，但是刘大虎的生存能力很强，他过上了点蜡烛，每天挑水和钻木取火的生活。拆迁办又对村镇上的居民们加强了思想上的宣传，刘大虎成了一个自私的心中没有集体的个人主义者，镇上的菜市场不再卖菜给他，而粮店也不再给他米。但是，这一切都没有妨碍刘大虎生存下去，刘大虎拿起了鱼叉，自制了弓箭，每天过着捕捉野物的生活。而镇上的居民对他的自私自利都很愤怒，商店也不愿意卖衣服给他，刘大虎身上的衣服渐渐腐烂，他就把动物的皮毛做成外套，兜在私处遮羞。眼看群众发动的正义运动不能打倒这个顽固派，最后镇里的办法是彻底孤立他，镇里拖欠本村其他农民的拆迁款，说，只有刘大虎拆了，才算是动迁成功。刘大虎不拆，一半的拆迁赔款得扣着。村里的其他农民对刘大虎进行了劝说、辱骂和殴打，但一切正义旗帜的举动都不能动摇刘大虎。在节目的高潮，领导们去看刘大虎，对着猿人一般的刘大虎，镇长一针见血地说：你这个个人主义享乐派，你耽误了集体啊。

关键的时候，王秀梅出现了。刘大虎从小喜欢王秀梅，王秀梅家里母亲病重，等着另外一半的拆迁款看病，王秀梅见到刘大虎说：大虎，只要你愿意搬，我就嫁给你。

就这样，刘大虎终于搬迁了。

王秀梅是一个英雄，是一个为了集体愿意牺牲自己的女中豪杰，她顾全大局的思想应该值得我们所有人学习。

演出结束后，第一排领导的掌声如雷。镇长看得泪水不止，他说：谁知道我们在发展的过程中遇到的艰辛和阻力啊，群众们有多少的不理解，我们都熬下来了。这个戏好，这个戏充分体现了我们拆迁办同志工作的认真啊。如果人人都有王秀梅这样高的觉悟，那我们的工作就好做了。

评委们纷纷点头赞许。

第二个节目是由妇联选送的歌曲——《我们要结扎》。

欢快地，积极向上地：

我们是一个人口的大国
我们的粮食有很多
我们是东方的一条巨龙
我们的负担很沉重
白天我们很勤劳
夜晚我们更勤劳
但我们响应国家的号召
国家的号召
国家的号召召召召……

为了未来 / 只生一个
一个小孩
致富发财
如果再有
那就堕胎
国家才能
焕发光彩
我们要结扎
我们的脸上乐开了花
我们要结扎
结扎你
结扎我
结扎她
我们要结扎
生多了容易生出人渣
我们要结扎
为了祖国妈妈

歌曲引发了经久不息的掌声，母亲们对于这首歌特别能够感同身受。但是领导们普遍觉得共鸣不大，因为他们都希望有不止一个小孩。

第三个节目是由亭林镇幼儿园选送的大班儿童大联唱——完整版的《国际歌》：

起来

饥寒交迫的奴隶

起来

全世界受苦的人

满腔的热血已经沸腾

要为真理而斗争

旧世界打个落花流水

奴隶们起来 / 起来

不要说我们一无所有

我们要做天下的主人

这是最后的斗争

团结起来到明天

英特纳雄耐尔就一定要实现

这是最后的斗争

团结起来到明天

英特纳雄耐尔就一定要实现

从来就没有什么救世主

也不靠神仙皇帝

要创造人类的幸福

全靠我们自己

我们要夺回劳动果实

让思想冲破牢笼

快把那炉火烧得通红

趁热打铁才会成功

这是最后的斗争

团结起来到明天
英特纳雄耐尔就一定要实现
这是最后的斗争
团结起来到明天
英特纳雄耐尔就一定要实现
压迫的国家空洞的法律
苛捐杂税榨穷苦
富人无务独逍遥
穷人的权利只是空话
受够了护佑下的沉沦
平等需要新的法律
没有无义务的权利
平等也没有无权利的义务
这是最后的斗争
团结起来到明天
英特纳雄耐尔就一定要实现
这是最后的斗争
团结起来到明天
英特纳雄耐尔就一定要实现
矿井和铁路的帝王
在神坛上奇丑无比
他们除了劳动
还抢夺过什么呢
在他们的保险箱里
劳动的创造一无所有

从剥削者的手里
他们只是讨回血债
这是最后的斗争
团结起来到明天
英特纳雄耐尔就一定要实现
这是最后的斗争
团结起来到明天
英特纳雄耐尔就一定要实现
国王用和谐的烟雾来迷惑我们
我们要联合向暴君开战
让战士们在军队里罢工
停止镇压离开暴力机器
如果他们坚持护卫敌人
让我们英勇牺牲
他们将会知道我们的子弹
会射向我们自己的将军
这是最后的斗争
团结起来到明天
英特纳雄耐尔就一定要实现
这是最后的斗争
团结起来到明天
英特纳雄耐尔就一定要实现
是谁创造了人类世界
是我们劳动群众
一切归劳动者所有

哪能容得寄生虫

最可恨那些喝血的毒蛇猛兽

吃尽了我们的血肉

一旦将它们消灭干净

鲜红的太阳照遍全球

这是最后的斗争

团结起来到明天

英特纳雄耐尔就一定要实现

这是最后的斗争

团结起来到明天

英特纳雄耐尔就一定要实现

唱完，幼儿园的孩子们突然间“哦”一声散开，每个人捧起一束鲜花，向领导评委和嘉宾们送去，这一招得到了大家的巨大欢喜。主席台上的人笑得合不上嘴。书记说道：这《国际歌》由幼儿园的孩子们唱出来，显得是别有一番韵味，感到非常融洽啊。

路金波连忙附和道：那是，那是，当然融洽了，本来就是无产阶级的歌曲，他们就是无产阶级么，所以他们唱最合适。

书记说：好，听得我很有感触啊。

他拿起节目单，对照着歌词念道：压迫的国家空洞的法律，苛捐杂税榨穷苦，富人无务独逍遥。穷人的权利只是空话，是谁创造了人类世界？是我们劳动群众，一切归劳动者所有，哪能容得寄生虫……国王用和谐的烟雾来迷惑我们，我们要联合向暴君开战，让战士们在军队里罢工，停止镇压离开暴力机器。可是我以前怎么没听过这段？

路金波说：哦，这是完整版的，未删节版的。

书记说：嗯，还是删了好，啰嗦，还是原来的简洁。英特纳雄耐尔，就一定要实现么，这句在就行了。

第四个节目是黄莹的独唱。黄莹一身纯白的裙衣，头发扎起。左小龙和路金波听得如痴如醉，但是这个节目没有得到领导的首肯。爱情就是个上不了台面的玩意儿。黄莹按照原来的歌词唱完，向大家深深鞠躬，道：很高兴在这个舞台上唱属于我自己的歌，可能不是很合适，但是，这是我自己的歌。

左小龙和路金波热烈地鼓掌。

第五个节目是诗朗诵，由亭林镇走出的先锋派现代诗人、诗歌协会副会长亲自上台朗诵，朗诵自己新创作的诗歌——《听话》。

诗人站上台，挺直了腰，润了几下嗓子，对着话筒，说道：

灯光暗下来……

调光师连忙把灯光调暗。

话筒响一点……

音响师连忙把麦的声音调大。

台下安静些……

台下的观众停止了闲话，都盯着这个领导。

给我一杯水……

司仪连忙把水递了上去。

给我一张椅……

主持人连忙端了一张椅子过去。

世界多美好……

因为没人名叫世界，所以不知道谁该上台去了。

如果如这般……

台下依然寂静。

诗人站起来道：我的诗朗诵完了。谢谢大家。

镇长第一个醒悟过来，说：好新颖啊。这现代诗好，还带有互动，灯光暗下来，话筒响一点，台下安静些，给我一杯水，给我一张椅，世界多美好，如果如这般。好好好，这诗歌叫什么名字来着？

旁边人接道：听话。

第六个节目是舞蹈，舞蹈的名字叫《跳出和谐的音符》，由电信局选送。

……

在群众们的议论声中，最后一个节目上场了，亭林镇合唱团，他们汇聚了亭林镇最会唱歌的人，由医生、护士、病人、警察、罪犯、加油站工人、处长、职工、老师、学生组成的上百人的亭林镇合唱团。

这就是左小龙的梦想。实现不了自己的梦想不痛苦，痛苦的是被别人给实现了，还在自己眼前。这其中的每一个人，左小龙都想把他们扛回家，扛到雕塑园里，用指挥棒指挥他们唱歌，左边低音，突然高音部，然后重唱，再中音部……想着都让左小龙迷醉。这个梦想源于左小龙小时候，班级里组织了合唱团，但是没有指挥。音乐老师要挑选一个指挥，让小学生们都伸出了手指，说，来，老师看看谁的手指甲剪得最干净，老师就让谁指挥。左小龙就是因为在前天晚上剪过手指甲，所以被挑选当上了指挥。他很不乐意，但是当他上台以后，指挥棒挥起，那边的人们歌声就响起，指挥棒落下，那里就寂静无声，没几下，左小龙就彻底爱上了指挥。之后，左小龙去过很多的班级、学校、社区合唱团，但都没能当上指挥，因为大家普遍不以谁的指甲干净作为标准。

灯光渐渐弱下。指挥镇定地翻开乐谱，所有的人和乐器都需要等候他一个人就绪。突然间，他手一颤抖，音乐起。左小龙的手也猛地抖动了一下，脖子骤然伸长，但他突然想到，自己的队员甚至都还在大礼堂外面，还没有资格进来，他的脖子一下缩了回去。

合唱团配合得完美无缺，他们唱道：

枫林
竹林
不如我们的亭林
树林
森林
不如我们的亭林
东海边的明珠
太平洋畔的水晶
亭林
你的腾飞让世界震惊
亭林
你的博大让文艺复兴
这里湖面总是澄清
这里空气充满宁静
雪白明月照在大地

照出一地的GDP

亭林

亭林

你的前途

一片光明片光明片光明光明光明明明明

三个发展

四个必须

五个有利于

时刻牢记在我们的心

我们生是亭林镇的老百姓

死是亭林镇的小精灵

歌毕，所有的灯光亮起，全场起立鼓掌。这首歌除了当中有一段比较耳熟以外，情真意切，生动形象，作为亭林镇的镇歌，当之无愧。书记表示，在亭林镇入口处，亭林镇的大牌坊上，立即让人赶制一副对联，上下联是：

生是亭林镇的老百姓

死是亭林镇的小精灵

横批：

世界震惊

本来，由于前面精彩纷呈的节目，评委们一度担心，亭林镇的镇歌压不住场面，但是，最后的表演让大家耳目一新，气氛由这首镇歌《亭林颂》达到了高潮。

因为大家都是凭本地身份证才能入内的，所以感觉气场特别相吸，当地老百姓被久久压抑的激情也得到了释放。突然台下有人喊道：把外地人赶出去！收复亭林镇！

喊这一声的正是左小龙。这个口号得到了大部分人的响应。人们纷纷觉得，长此以往，亭林镇会彻底失去本地人，成为一个殖民镇，他们的习俗、文化，包括一切陋习、美德，全都不复存在。这一切都是由这些工厂所引起的。但他们又离不开这些工厂，所以，最好的结合就是他们在这些工厂里，大家再也不必用普通话进行交流，而某人丢失了一辆自行车重新成为这个镇上的重大话题，并且能在半天内被人肉搜索出来。而不是现在，年轻人都去了大城市，难以生存；老年人依靠外地人，维持生存，外地人靠着工厂，艰难生存；工厂靠着污染本地，得以生存。突然间，在亭林镇镇歌的激励下，左小龙想明白了，只要驱赶掉外地人，生物链就更完善地连接上了。大礼堂里顿时成为了本地人思辩大会。左小龙突然体会到群众运动的成就感，他站起来说道：支持我的挥手！

在此刻，左小龙第一次觉得自己成为了英雄。倘若黄莹此时在他身边，他必然一把搂过，向大家介绍道：我的女人！

站票里全部都举起了手，加座里有一大半人举了手，硬座里有一半人举了手，而软座处只有一只手。左小龙格外注意软座处的手，他爬高一看，发现这个人是刘必芒。

当然，也有很多人反对，他们在台下议论，如果赶走了外地人，他们每年每户将损失一万多元的租金，而且内需也无法扩张，工人抬价以后，工厂的生产成本提高，导致招商引资的魅力下降。

左小龙愈发兴奋，他终于找到了比指挥更加富有乐趣和体现自我价值的事情。他丝毫不顾泥巴的拉扯，爬到椅子背上，说道：我们不要招商引资了，我们像以前一样种田。

说完，大家顿时一片嘘声。

外面的警察们望着会场里面，不知所措——上头还没有给予他们命令。但是他们觉得应该有所行动，便四下找自己的领导，结果发现他们的领导在里面和人们激烈地辩论。

在这个事关意识形态的重大时刻，代表了意识形态的书记上台了，他拿起话筒，说：同志们啊，请大家安静一下。

今天这个晚会，很好，我很感动，我看到了凝聚力。但是，这个凝聚力，我们不能把它局限在户籍上，我们都是中国人嘛。我也是外地人，我们波波印刷厂的老板，路先生，也是外地人嘛，但是，没有他慷慨地搭台，我们能在这里，享受文艺带给我们的欢乐么？

在发展的过程中，我们必然会有所牺牲。所以，我提出了三个发展，四个必须，五个有利于，分别是，发展经济，发展文化，发展思想；必须坚定不移，必须一心一意，必须勇往直前，必须不被动摇，有利于啊……

书记一时自己有点犯迷糊，领导们比较崇拜大领导，眼看大领导喜欢提出两个三个四个那样的口号，所以自己在制定小方针的时候，总是不忘几个什么，通过开会和内部报纸反复地渲染，当他调任或者退休的时候，这几个什么就是他的政绩。但苟书记有点贪心，提出的口号过于讲究排场，搞得自己总是记不住，反正就是有利于能得到利益的人呗。书记跳过了五个有利于，接着说：

但是，我们对于本地人也应该有适当的保护，否则对他们的冲击太大了。所以，镇里正在酝酿，最近我们镇上有一个很大的机遇，那就是因为波波印刷厂的特殊排放，产生了奇效，所有镇里的动物都变大了，我们可以利用这个优势，首先，大力发展旅游业和餐饮业。尤其是餐饮业，可能可以吸引到世界各地的旅客；其次就是旅游业，我们考虑，将雕塑园改为野生动物园。但是，这些方面的经营权益，我们考虑只给本地的居民开放。

台下欢呼声响成一片，各种纸片被抛到了空中。

书记示意大家安静，道：当然，这只是一个研讨的阶段，但是你们放心，在大力发展经济的同时，政府还是优先考虑到当地居民的生活的。你们要相信政府。

台下异口同声喊道：相信。

左小龙遇人不断说道：那些东西不能吃的，那些东西不能吃的。但没有人再理会左小龙的话，不能吃意味着没有钱，钱就是他们的信仰，他们不能失去信仰。从一个一呼百应的英雄到一个无人理会的小民，左小龙只红了三分钟就过气了。

台下有人提问道：那万一我们的动物变回原来的大小了怎么办？

台下一片哗然，大家交头接耳，觉得这是个很重要的假设。这些动物现在是他们发财的筹码，万一变回了老样子，那他们也变回老样子了。

书记说：这个我们谁都不能保证，但今天，《走进科学》栏目组也在现场，他们就是来进行科学调查的。前几天，我和他们交流过，这种变异是不可逆的，而且基因也发生了变化，意味着，这些动物生的小孩，也是那么大的。

台下掌声雷动。左小龙只能坐在座位上，遥看着软座上的刘必芒和玻璃窗外的大帅发呆。大帅听书记的演讲正听得入神。他突然想到了自己身边的泥巴。泥巴已经睡着了。

书记说道：同时，我们也要波波印刷厂帮忙了，务必请路先生的印刷厂要不断地排放这种特殊的……特别的……特种的……这个……化学物质啊。

路金波站起来，转身向大家挥手。后面爆发出剧烈的掌声和哨声，大家不断叫好。

书记向大家鞠了一个躬，再次引起了掌声。这是一次成功的演讲，书记也明显是有感而发，因为他连排比句都没顾上使用。左小龙作为一小撮的，明真相但又不明真相的群众，茫然在会场里。在这么多话里，他只记得一句，那就是雕塑园将要变成野生动物园，而泥巴则在旁边长睡不醒。

这时候，主持人边鼓掌边上台了。男主持说道：非常精彩，这次的晚会非常精彩，我们不光欣赏了精彩的文艺演出，还欣赏到了精彩的演讲。现在，到了最扣人心弦的一个议程，经过专家组的评审，我们要揭晓本次晚会的获奖名单了。首先，请大家欣赏舞蹈——《阿哥阿哥你别走》。

舞蹈中，书记问路金波道：你觉得哪个节目不错?

路金波说：我觉得都很好，都很好，虽然我不是本地人，但我也深受感染啊，这个艺术真是没有疆界啊。但是我觉得黄莹不错，很清新，而且在这样的一个节目里，她唱了自己的歌曲，很有勇气，我觉得应该给她一个奖。

书记连忙招来秘书，耳语几句，秘书弓着腰就从台下快步进了后台。

舞蹈结束后，主持人上台，宣布道：我们先公布第三名，第三名是由妇联选送的《我们要结扎》。评委组认为，这首歌思想正确，感情真切，描绘了妇女翻身解放以后，社会地位提高、思想觉悟也跟着提高的情景。

下面请大家欣赏舞蹈——《采人参》。

舞蹈结束后，主持人上台，宣布道：我们再公布第二名，第二名是由黄花村村委会选送的黄花戏。这出戏体现政府工作人员在工作中的认真负责，想尽一切办法，为群众利益、为集体利益着想，还生动地刻画了一位伟大的女性——王秀梅。

下面请大家欣赏舞蹈——《神舟飞神州》。

舞蹈结束后，主持人上台，宣布道：我们再公布第一名，第一名是……亭！林！颂！

宣布时，《亭林颂》的伴奏带响了起来，台下有人拿着歌词本开始跟着吟唱。台上的小礼花也纷纷绽放。礼堂里的人开始准备离开，大家在纷纷讨论究竟是《我们要结扎》该得二等奖呢还是黄花戏《王秀梅》该得二等奖。突然间，女主持上台，说道：我们还有一个奖要宣布，现在我们宣布的奖项是，波波特别奖，这个奖是由路金波先生临时增加的一个奖项，专门颁发给有着精彩演出，但没有能够入选前三的选手，这个奖发给我们的……黄莹小姐！

迎宾的音乐再次响起。观众们等了半天没见黄莹出场。场面稍显尴尬，路金波也是四下扫视。过来一个工作人员，在耳边对路金波和书记说道：黄莹一唱完歌就走了。

书记说：你妈在不在现场？

工作人员道：在。

书记说：让你妈上去，让主持人说这是黄莹的妈，她是来代领的，黄莹身体不舒服先回去了。

工作人员忙点头称是，一溜小跑照办。

书记对路金波说：不好意思啊，不好意思啊，小妞不懂事。下次介绍给你认识一下，看看有没有什么合作的机会。

路金波起身道：下次，下次，不要紧的，不要紧的。我们这个是肯定要做下去的。

在晚会的最后，男女主持人上台，他们说道：在本次晚会的最后，我们高兴地宣布，第一届波波杯文艺晚会圆满成功，为了感谢所有前来观看的领导、嘉宾和观众们，组委会特地为大家准备了一个小礼物，同时，我自豪地告诉大家，这个礼物也是我们亭林镇生产的。非常实用，那就是……温度计一支！

大家纷纷叫好。除了领导们和演员们的温度计是礼仪小姐现场分发的以外，其他人都在退场的时候索取。那些演员和领导看到温度计，非常好奇，纷纷塞进嘴里，互视而笑。退场的人也排起了长队。

左小龙推醒了泥巴。泥巴迷迷糊糊睁开眼睛，问：结束啦？

左小龙点头。

泥巴说：我脚麻了……

左小龙说：那你坐着，我先走了。

泥巴一只脚站起来说：别别，我跳着走就是了。你今天好厉害啊。咦，怎么散场都要排队啊？

左小龙道：领纪念品，算了，咱们不要领了，从边上走吧。

泥巴赞许道：嗯，我就喜欢不贪小便宜的男人。

左小龙不知道该如何说才好。走进夏日午夜的微风里，他搂紧了泥巴，河水映着昏暗的路灯，退场人群的倒影在里面荡漾。左小龙走了几步，发现有人在对他指指点点，路边人的窃窃私语都仿佛是在评说他当时的举动。虽然这次失败了，但那是因为左小龙不能给别人任何的利益。但他想，左小龙这个名字势必会被镇上的居民传诵一阵子。在这湿热的空气里，他自己都没有想明白要干什么，但这样也好，反正想明白的事也都做不到。

走着走着，他看见了书记的车停在街边，他照例将轿车的反光镜外折，还愤愤不平道：妈的，要不是怕破坏他人财物，我他妈真想把他的车划了。

泥巴严厉阻止道：不要。

左小龙吓了一跳，这是泥巴唯一一次使用这样的语气。左小龙忙说：我当然不会，我开玩笑而已，这种下三滥的事我干不出来。

泥巴意识到自己失态，笑说：你不会的。

左小龙和泥巴顺着河边走，人群散去得差不多了。路灯也越来越暗，暗到人的脸如同映衬在烛光里。泥巴抱紧左小龙，说：我要回去了，你送我。

左小龙开着他的摩托车用超过100的速度穿越过亭林镇的老街道，两边的卷帘门被划破的气流卷得哗啦作响。左小龙没有戴头盔，头发被风吹动，拍打在泥巴紧贴的脸上，泥巴一手抱着左小龙，一手拎着她送给左小龙的头盔。天亮时尚算繁华的街道此刻空无一人，本来宽阔的街道在高速下变得异常冷冽狭窄，仿佛只能通过一部摩托车。泥巴紧紧抓抱住左小龙的腰，低头不看前路。路面的不平都被高速行进的摩托车烫平，新发动机的声音响彻这个镇子，影子接力般承托交递着两人的黑色影像，投在昏黄的地面上。左小龙不经意间开过上次爆缸的地方，发现那家店还开着。但是店主再没有播放音乐，而是在角落里进行一些制作。左小龙上前道：喂。

蹲在地上的店主猛然一回头，发现是左小龙，下意识往旁边看了看，道：你的摩托车修好了啊？

泥巴拉了拉左小龙的手，说：算了。

左小龙对泥巴说：泥巴，只是打个招呼。

左小龙转头对店主说：怎么不放音乐了？

店主道：哈哈，咱以前的恩怨一笔勾销啊，不过，现在我顾不上放音乐了。我这杂货店都不打算开了。

左小龙不屑地问：那你干什么去？

店主掂了掂手里的工具，道：电鱼去。

空中飞过一只大鸟。

左小龙回身跨上摩托车，继续开往夜色里。泥巴把耳朵贴在他的背上，道：我听到你的心跳了。

在疯狂的世界里，有个女孩可以安静地随你而去，是多么幸运的事。只是左小龙不曾明白。

亭林镇的文艺晚会非常成功，领导们都非常高兴。同时，喜讯频传，亭林镇的旅游业真的发展起来了。亭林镇出现了很多大字辈的餐厅，其中以大青蛙餐厅最为有名。每天来往雕塑园的人也明显增多，因为当地人都想要在这片大野地里抓点野货。但不是所有的动物都喝到过龙泉河里的水，所以动物的大小参差不齐。不过最惨的就是那些公的，因为当它们和母的走在一起谈恋爱的时候，人们总是以为那些公的是变异了的，总是率先将它们捕获。这符合规律，世界大乱的时候也肯定是男的先倒霉。

被人们抓起来囤养的大动物越来越多，家家的后院里养着几只，等待下锅。但最让人羡慕的莫过于村里老黄家的牛，所有的小孩见到它，都要问父母：爸爸妈妈，为什么大象不长鼻子呢？

父母的解释是：牛。

不过，受益最多的莫过于龙泉河里的鱼。在陆地上的动物不一定都变大，而鱼无一例外都大了。从发现变异的那天起，龙泉河的水闸就放下了，亭林镇段的龙泉河以及其他支流成为了人民的天堂，只有在五十年代海报里才能出现的丰收在亭林镇上演了，亭林镇再也没有出现过一斤以下的鱼。亭林镇居民对这些东西究竟能不能吃还是持有争论的态度，一半人觉得，当然能吃，你看，还活着；一半人觉得，不能吃，不放心。但大家有一个意见是统一的，就是不管能吃不能吃，还是可以卖给外人吃。

亭林镇开始热闹了起来。和以前都是外地务工人员不同，现在都是大城市里开轿车来猎奇吃鲜的人们。最先是在周围城市里的广东人组团前来，他们要求，不光吃的东西要怪，而且要吃得怪。他们表示，一些喜闻乐见的传统吃法可以保留下来，比如水煮活猫、生挖猴脑等，无奈亭林镇里没有猴，所以他们更加愿意看看，像老虎一样大的猫如果水煮是什么视觉效果。但这个要求有点难，因为猫没有直接饮用到龙泉河的水，所以这里的猫都还正常。但问题是，不知道为什么这里的老鼠都变大了，它们因为进不了老鼠洞回不了家，脾气都很暴躁，到处抓猫撒气，所以亭林镇上不剩什么猫了。商家提出，不知道吃老鼠怎么样，各位可以尝个鲜。

广东食客们认为，商家太土帽，老鼠他们早就吃过了，算不得新鲜事物啦。除了人以外，咱们都吃过。

这时，旁边有人提醒：人咱们也吃过了，你忘记了，上次咱们在哪儿吃过死婴……

既然是吃老鼠，那就要吃出新意来，食客们想出了油老鼠这道菜，因为传说中老鼠爱偷油，所以先把大老鼠放在油缸里，把盖子盖住，让老鼠呛死，然后开盖，生吃，别有一番风味。

但更多人是来这里吃龙虾和青蛙的。这里的大龙虾和大青蛙的价格只相当于澳洲龙虾和牛蛙的一半，但味道却是它们的四分之三，所以这是值得的。最关键是，这是咱中国自己的大虾，吃的不光是美味，还有民族自豪感。

这是最让镇上领导们高兴的事情，因为可以预见，亭林镇的发展将要远远超过本区的其他镇，甚至可能在全国排上名次，第一次旅游业和轻工业完美地结合了。但是，文化也是必须要抓的，因为工业无论怎么发展，都有一个极限，最后还是要靠文化来突破的。这是低档次转变成高档次的关键。书记在亭林镇垂钓休闲会馆召开了盛大的庆功宴。参加本次庆功宴的有所有的村镇干部，亭林镇大大小小所有的领导都到齐了。

夜色渐浓，晓风拂月，这是一个庆功的好日子。亭林镇垂钓休闲会馆坐落在湖边。这本不是一个湖，是一个鱼塘，但上任的镇领导认为，亭林镇缺少一个湖，所以，鱼塘就扩建成了一个……更大的鱼塘。扩建后的鱼塘四周绿化覆盖，并承包给他人创建了这个会馆。这是亭林镇接待来宾最高级的场所，会馆就建造在鱼塘，不，湖的中央，点缀满灯光的长桥通向餐厅。

湖面餐厅里灯火辉煌，人声鼎沸，水面下时不时会有大鱼跃起，引得餐厅里吃饭的人不住惊呼，气氛到达高潮。但主要领导所在的那一桌依然在为工作而争论。争论的焦点集中在是不是要将这些变异的动物收归政府所有，由政府统一调控。镇长的意思是，应该这么做，因为这些属于国家资源，由政府统一管理、统一调控、统一发展比较好。

书记心里赞同，但有些犹豫，因为他在波波杯的最后曾经当着上千人允诺，这些变异动物的经营权只给当地的居民。

副书记解释说：我们还是只将这个权益给当地的居民，但是，我觉得政府要统一管理，避免混乱。

书记点头。

副镇长说：如果我们统一管理，按照现在的态势，光这一项，财政上就可以增收数千万。

书记说：好了，工作的事情不讨论，大家今天放松放松，毕竟，我们为老百姓做了这么多事情，也需要……休闲。

接下来的时间里就是不断地喝酒敬酒。有一把手在的地方，其他小喽啰是必须要醉的。但书记的酒量不好，几杯下肚，开始亢奋，忽然间，书记站起来，说道：同志们，今天的夜色非常好，但是，温度有点高，我想下水去游泳，不知道有没有同志响应啊？大家为人民服务了这么长时间，也该享受享受，下水游泳，我们也可以懂得一个道理，水能载舟亦能覆舟，人民群众就是这水，我们就是这舟，今天晚上，让我们和这水融于一体，但我们不要舟，我们用我们的身体，和人民群众进行最紧密的接触。

好！席间掌声雷动，大家交口称赞书记说话有水平。镇长说：书记比喻贴切，描述生动，寓意深刻。

说着，书记瞥了镇长一眼，心想，老子还没用上心爱的排比句，你倒是先用上了。当官的听人说排比句就像瘾君子看人吸毒，书记嘴痒，说道：好！让我们一起游，一块游，一同游！

说罢，书记跳入水中。湖里的月光被书记矫健的入水冲破，屋顶上霓虹灯的光彩投在水里，水花的边缘都被勾勒出了线条。书记时而蛙泳，时而自由泳，岸上的部下们都看得入神。第一个觉悟过来的是参与这次庆功宴最小职务的一位同志，他连忙脱下外衣，跃入水中。书记说：好，小同志你叫什么名字啊？具体在哪个部门啊？

小同志还没回答，岸上所有人都觉悟过来，全都跳下了水。湖里顿时乱作一锅，人们的各种泳姿划出各类水花，还不断有大鱼从人群里惊恐地飞出。有不少人在水里叫道：救命，我不会游泳！

书记随手抓起一根十几米长的绳子，抛向部下们，说：不会游的抓住绳子……

在水里扑腾的人接过绳子，把脑袋露出水面。有人说道：这绳子好滑啊。

人们往手里一看，是黝黑的皮质物体。顺着绳子的头望去，大家发现原来是条黄鳝。有人感叹：不能吧，这么长的黄鳝！

书记说：有什么不可能的？在这里，一切皆有可能。

大家附和着，向湖中心游去。书记说：我们的动作要整齐，要统一，要有力。来，大家把《亭林颂》唱起来，跟着节奏游。枫林，竹林，不如我们的亭林；树林，森林，不如我们的亭林……

在《亭林颂》的歌声里，大家跟随着书记游向彼岸。

游了一会儿，书记停下来，向后转体，说道：有的同志可能体力有点不支，我们休息一下，免得游错了方向。

大家停止了划水。一旦停止划水，有些不熟水性的人就往水里沉，他们只能不住地原地兜着圈子游动。

书记说：经过刚才的运动，我清醒了，就像我带领着你们，我们是带领广大群众的。刚才镇长说得好，亭林镇的变异动物，是亭林镇的宝贵财富，按数量的对比来说，它们是国家珍稀保护动物，政府有义务、有责任、有决心把这些变异的动物保护起来、统一起来、集合起来，进行合理的规划、规范的管理、科学的发展，这才是对老百姓最负责的态度。像刚才我们游泳一样，如果没有一个坚强的领导，没有一个坚定的方向，没有一个统一的节奏，没有一个稳定的水面，那我们是不能游得这么好的……啊……

突然间，天边传来炫光，水面冒出青烟，一切归于寂静。

这是一场惨痛的事故，因为有人夜晚偷偷电鱼，并且就地连接高压电，导致亭林镇的优秀领导们全部遇难。

夏天在浑噩里过去了。在镇领导全部遇难的日子里，除了老百姓的生活以外，一切都很混乱。以前人们津津乐道的权力分配，你上我下，一下子全部都没有了。很快，新的一批领导就上任了，新书记是他领导生涯中的最后一任，只想安稳退休，亭林镇重回平静。变异的大动物们都被人们吃光了。为了支持波波印刷厂，让印刷厂多印一点书，多造一点纸，居民们自发购买了很多图书，买了不能浪费，就只能看。虽然波波印刷厂排放着一样的水，但这些水不再能使动物变大。这让人们感到非常奇怪。

刘必芒的餐厅没有能够熬过夏天，因为不做大货，生意惨淡，服务员和他的妻子也对他这个决定表示不能理解，离他而去。又恰逢刘必芒把饭店扩建翻新，钱都投资进去了，过了天最热的那几天，刘必芒破产了。他的饭店被收购了。

在这个夏天里，左小龙依然没有找到自己的所在。他找到刘必芒的时候，刘必芒再无包厢。左小龙把这个夏天发生的事情告诉了刘必芒，包括他的合唱团没有能够成功，最后他只做了观众。

刘必芒说：在时代里，你只是个旁观者。

左小龙说：我从小都看英雄人物的故事长大，我不想做一个观众。

刘必芒说：做观众很好了，你看我，只能做个听众。

在左小龙的经历里，让他印象最深的便是波波文艺晚会的夜晚。但是他始终不知道自己的目标，因为暂时没有目标，所以能做的只有遵循感觉，正如没有夙愿的时候，只能满足闪念一样。

在这个夏天里，左小龙只见过泥巴一次。那次是去还钱的，但泥巴情绪低落，只是抱着左小龙哭泣。左小龙也不问是为什么，他觉得可能少女都是这样。对于左小龙来说，他的感情世界非常简单，人物也毫无牵连，他所仇恨和讨厌的，相当一部分都被电死了，另外一部分是他认为不符合社会公德的。他的朋友就那些，大帅和刘必芒，他认为大帅是一个没有野心的、傻的人。喜欢他的姑娘，泥巴，是上辈子修来的福分，但左小龙希望最后能留给下辈子享用。他喜欢的人，黄莹，看不到任何可以与她有所发展的希望。

亭林镇上的外地人越来越多，本地人越来越少，随着黄家的大牛被杀，亭林镇没有任何一种变异生物了，人们把亭林镇寻遍，将龙泉河抽空，都没再能发现任何变异的生物。它们都被吃光了。

这一天，美国的国家地理杂志来到了亭林镇。来了很多洋人，居民们很新奇，经过一番传播，大家都认为是美国有几个地理老师来了。新的书记接待了地理老师。书记说：坐。

记者们纷纷坐下。

书记说：你们从美国过来，什么事？

记者们说：因为我们听说在中国的神奇的这里，动物们都变大了。

书记惋惜道：你们怎么这么晚才得知这个消息？

记者答道：哦，书记先生，我们对贵国的网站实在没有兴趣，所以很抱歉来晚了。我想获得一些样品。我看到了照片，经过研究，你们这里的现象非常具有科学价值，我们找到这张图片，这很可能是我们苦苦寻找的，恐龙和鸟类中间的那个过渡动物，具有重大的意义，世界会震惊的。

书记说：很遗憾的是，我们这里的大动物，都被吃光了。

摄制组交头接耳一阵，表现得非常吃惊，说：对不起，你们是吃不饱么？为什么要吃掉它们呢？它们是多么神奇的动物。

书记说道：你太不了解我们了，随着改革开放，我们已经吃得很饱了。现在的主要目的是，改善人民群众的生活快乐感。

摄制组道：那为什么要吃掉它们呢，吃掉它们你们很快乐么？

书记说：改善人民群众的生活满意度呢，是一个任重道远的话题。你们说的只是其中的一小部分。

摄制组追问道：那你们如何改善人民的生活满意度呢？

书记道：这个就是我们政府的工作机密了，我想外国人不需要知道。

摄制组说：我们还是想自己去找找大动物，我们可以自己在这里拍摄么？

书记说：你们是境外电视台，我不能做主，我要去问问上级宣传部门。请你们等候我的消息。

上报到上级宣传部，上级宣传部不敢拿主意，然后上报到再上级宣传部，再再上级宣传部，宣传部，宣传宣传部的宣传部，历时几周，最后得到了四个字：正面报道。

摄制组踏平亭林，都没有找到任何大动物的踪影，但是从当地老百姓的照片中看到了不少。摄制组于是灰心，放弃了找活的的想法，改为寻找化石，但是遗憾的是，因为都被吃了，所以没有留下完整的化石。

左小龙在镇上遇到了他们，他们问左小龙：年轻人，你有没有大动物可以给我们？

左小龙道：你们来得太晚了，都被我们……他们吃完了。

经过了对照片和残骸的分析后，美国的总部觉得非常有研究意义，决定追加制作经费。第二天，全亭林镇都知道了一个消息，美国的国家地理老师，出资二十万美元，悬赏一件活的大动物。

当天，镇上大部分人都在抽自己的嘴巴。很多人计算了自己吃掉的数目，得出的结论是——我吃了三千多万美元啊，两亿人民币啊。

这么一想，的确难以接受，整个亭林镇情绪低落。

左小龙也为了二十万美元在雕塑园里不断地寻找，但是在一片杂草里，他只找到了撅着屁股同样在寻找的大帅。在迷茫的草地里，左小龙向着自由女神像奔去。他费了大力气爬到了自由女神的肩膀上——这个雕塑园的制高点，他向下望去，希望可以找到一些大动物来改善生活，但是眼前景物令人惊异，只见满雕塑园都散落着撅起的屁股，大家都在寻找，大家都在后悔，大家都想改善生活。

寻找大动物失败的群众们饮水思源，想起了波波印刷厂和路金波。人们围聚到了路金波工厂的门前，打着标语，希望波波印刷厂可以再次印刷《毒》这本书。人们分析，虽然原材料够毒，但书不够毒也无法制造出让基因变异的废水来，只有毒毒联手，才能做到毒害动物，造福人类。

为首者用大喇叭喊道：希望波波印刷厂再次造福人民！

造福人民！

造福人民！

底下的人跟着一起喊道。

希望波波印刷厂以大局为重！

大局为重！

大局为重！

“大局为重”四个字是万能狗皮膏药，在必须牺牲一方利益来换取另一方利益的时候，“大局为重”就要出场了，不想，人民群众很快都学会了这一手。

路金波个人利益需要服从集体利益！

个人利益服从集体利益！

路金波要服从！

群众们情绪激动，有冲破厂门之势。

一群想要索取个人利益的人聚集在一起，就变成了高于一切的集体利益。群众们拥有着很高的模仿能力。集体利益这话一出，就像当年找到了苏维埃一样，每个人都仿佛挂靠到了师出有名的思想根基，大家一下子正义化身，群情稍有失控。

这时候，另外一路人赶来了，他们是当年放弃自己的买卖改做大动物生意的小商人。他们冲到了队伍的最前面，对波波印刷厂进行了血泪的控诉。他们提出，波波印刷厂造成了他们巨额的损失，虽然制造了大动物，但是没有稳定持续地制造大动物，对社会造成了巨大的伤害，给人民财产造成了巨大的流失。如果波波印刷厂不能在短时间内制造出大动物，他们要求得到波波印刷厂的赔偿。

他们打出的标语是：波波印刷厂没有走可持续发展之路，反动。

这个标语打出，群众们纷纷称好。我们的社会由一小撮人、不明真相的群众和又一小撮人组成。当其中的一小撮和另外一小撮产生分歧的时候，反动就产生了，而保护不明真相的群众是最好的掩体。他们永远是不明真相的，他们就像未成年的少女一样，是人们争相要上的对象。

警方封锁了波波印刷厂，新上任的派出所所长用喇叭对群众进行了劝说。

群众要求对话，条件非常简单，大动物。把动物变大是波波印刷厂的职责和使命。

在原属刘必芒的星光包厢里，路金波喝着酒，透过薄纱的窗帘看着窗外。他缓缓坐下，对依偎在怀抱里的姑娘说：黄莹，你说他们傻不傻？

黄莹温婉道：你别这样说我的家乡人，他们会想明白的，只是一时接受不了而已，就像，就像……

路金波接话道：就像你让我饱了一下眼福，却始终不让我再往下发展，我就会很愤怒对吧？

黄莹道：你别指桑骂魁哦。

路金波说：是指桑骂槐。

黄莹不高兴地说：说不过你们这些搞文化的。

路金波站起来，对着窗口说：我也不知道这里的动物是怎么变大的。他们现在这样闹，无非是因为自己的生意做不成了，这本身就是给他们的一笔横财，但天上只掉下来一次横财，他们捡到了，花了，就指望着天上的横财过日子。天上没有横财了，他们就说老天瞎眼。冲在最前面的那些，无非是因为美国人答应给二十万要买一个大动物。假设我再给他们弄出成片的大动物来，美国人怎么可能再花二十万来买呢，自己抓一个就回国了。中间的那些，是凑热闹的，你看他们高兴的。

黄莹问：那你打算怎么办？

路金波道：我不用出面的。

路金波点燃一支香烟，抽了一口，掐灭，道：我不抽烟的。然后悠然看着四周，说，这他妈是谁设计的包间，真恶心，瞎了眼了。这里的生意也做不下去了，我把这个店盘下来，在这个包间里挂满你的照片。

在二楼星光包厢的上面，路金波的脑袋正上方隔开一个楼板处，美国国家地理杂志社正在进行紧张的拍摄。

很快，防暴警察来了，但是场面更加难以控制，有群众开始向警方投掷石块和砸毁波波印刷厂的玻璃。左小龙正好开摩托车路过，他要在旁边的如海超市里买些日常用品，看见这里热闹非凡，怔在路边。

黄莹看到了，把路金波拉起来，指着楼下说：你看这个在摩托车上的愣头愣脑的小伙子，他喜欢我。

路金波看了一眼，又坐回到沙发上，托着下巴看局势。

左小龙不知道这里发生了什么，决定在摩托车上先看一会儿再说，到时候再决定到底是参加正方还是反方。但是因为来得晚，他只看见了冲突，他想，我不是警察，我肯定不能参加警察队伍，我只能跑到群众那边去问个清楚。左小龙停下摩托车，进入了群众的队伍，问道：喂，你们在干吗？

同时，路金波眼看自己的厂房遭到冲击，打了一个电话给看门的老头。看门的老头立马会意，拿着一个数码相机出来，爬到门卫间顶上，道：我要拍照了，你们每个被照下来的人，根据照片都要反映给你们的领导和家人，警方会严肃处理的。

瞬间，冲在最前方的人群散去了。后面的一看失去了群众基础，立马打道回府了。派出所所长一看这招有巨大成效，使他们没有使用催泪弹和喷雾剂，因为一旦使用了上述的物品，这场小规模骚乱的性质就不一样了。但是，他们必须要找一些别有用心的煽动分子来治罪。他让门卫老头从屋顶爬下来，接过相机，转身对着门口说：还没走的我拍照了。

空旷场地上只站着左小龙一人。随着“咔”的一声，左小龙被永远地定格在了照片里。左小龙突然想到，这是他人生的第一张照片，他走上前去，说：同志，这张照片冲洗出来以后，给我一份好不好？

所长看了左小龙一眼，喝道：你在这里干什么？

左小龙说：我是路过的，我是去打酱油的。

所长道：你不要狡辩了，你倒是很顽固啊。你的后台是什么？你的动机是什么？你和外国的什么团体有勾结？你还是跟我们走一趟。

左小龙旋即被带上警车。左小龙大声喊道：我钥匙还插在摩托车上。

所长只回道：拖到所里去。

黄莹看到这一幕，连忙甩门冲下楼，跑到所长面前，着急道：你好，这是误会，他是我朋友，他是来看我的，你放了他吧。

左小龙在车里看见黄莹，他腾了一下屁股，顿时又被按了回去。面包车车门被旁边看守的民警瞬间拉上。

所长上下打量黄莹，问：你又是谁？

黄莹回答道：我是黄莹，我是这里唱……

所长打断道：不认识你，你要不也到所里，一起去说说清楚？

路金波赶了下来，给所长递上一支烟，被所长推开后，道：他们都是我的朋友，误会，是误会。

所长彻底晕了，问：你又是谁？

路金波连忙递上名片，道：我是路金波，我是这里的董事长，几个月前的波波杯就是我赞助的，和苟书记和牛所长都是朋友，都是朋友……

新所长不悦道：不要老是拿死人和我套近乎，我也不知道什么是波波杯，你的这位朋友，现在我怀疑他是主犯，我们需要把他带走审问，你放心，是好人我们就放出来，干了坏事你们就谁都没有办法了。

路金波感叹，这小政权一朝换了姓，以前打点的那些都白费了。

黄莹依然不依不饶地撒娇道：所长，你就放了他吧。

所长见四周的兄弟们都看着自己窃笑，怒道：端正你的行为，小心我把你也抓进去，妨碍公务。你和车里这个人什么关系？

黄莹一时不知道怎么说好，她救人心切，想说得亲切点总没错，便说道：这个，这个是我男朋友。

所长指着路金波，问道：那这个人和你什么关系？

黄莹看着路金波，支吾半天，道：这个，其实这个是我男朋友。

所长听完，骂道：神经病。上车关上车门，拉着警报离去。

黄莹看着路金波，道：你要帮我把他弄出来。这个人很单纯的，是个好人。

路金波拍了拍黄莹的肩膀，道：你放心，我会尽量找人帮忙的。但是我在这关系网里的人暂时都死了，我得想其他办法。

黄莹道：我认识的能帮得上忙的也都死了。现在有能力的人中间我只认识你。

路金波道：当地的美女里，我也只认识你。

黄莹一笑，转身上楼。

路金波在后面追着说道：这样，我的意见是等两天，这小子如果什么都没犯，就放出来了。万一放不出来，我们再去捞人。

一天后，左小龙被警方释放。警方本来一定要找出一个典型，但凡稍微能沾上一点边就能定罪了，结果左小龙真的是来打酱油的。新上任的派出所所长是个非常厉害的人物，因为亭林镇的领导层一下死绝，上级部门害怕诱发社会不稳定因素，所以这位所长是特地被委以重任来到了亭林镇，他有着丰富的经验。但是，左小龙放走后，他的感叹是，说了这么多年不明真相的群众，这是我看见的第一个不明真相的群众了。

左小龙也莫名其妙地在派出所待了一天，因为要名正言顺，左小龙还是领了一张罚单，被罚款五十。左小龙这次进派出所的官方理由和审讯结果是：摩托车尾气不达标。

左小龙出去以后的第一件事情就是要去找黄莹，他要去感谢她。亭林镇的秋天和夏天在空中斗争，天气一下酷热一下秋爽。左小龙从派出所的停车场里发动摩托车的时候，他感觉秋天来了。这个夏天就这样过去了。那是真正地就这样过去了。当有人问他，记忆里这个夏天的印象，他会说，就这样吧。这个平淡无味的夏天，伴随着泥巴在他怀里痛哭时发梢的香味和对黄莹的盼想，转瞬间离开了。离开的过程里，夏天还回眸几次，让大地重新温热，但秋意已经等得不耐烦。第一片树叶已经飘落在左小龙摩托车的座椅上。左小龙把落叶插在仪表台上，发动了摩托车，开到镇上。

风已经在地面上吹起涟漪，暴雨将至。左小龙随意找了一个看似居民的人，问道：麻烦问一声，黄莹住哪里？

居民告诉了他地址。他看了左小龙半天，吞吞吐吐道：你是不是就是那个，波波杯上喊口号那人？

左小龙庆幸自己在这样的一个小地方，随便一问就能问出心上人的下落，这里的每个人都知道她。在这里也容易让每个人都知道自己。每个人之间都能互相影响，每一个事件都能广为人知。他决定，无论有着什么样的目标，自己都要在小地方生活，心有多大，世界有多大。

左小龙进了一次派出所以后，胆识仿佛增加了不少。黄莹住在寺平路56号。他找到了这个地址。这是一个老平房，就在一个弄堂口。左小龙把摩托车停在街上，围着房子绕了一圈。这个老房子有一个后院，后院里用破竹子围成了一个小花园，里面种满了太阳花。它们的季节结束了，花儿们正在做最后卖力的绽放，太阳花圃上面穿着一条线绳，上面晾满了衣服。左小龙一眼就认出这是黄莹穿过的。

左小龙绕回到前门，不假思索地就敲门了。他觉得自己必须要这样，如果假以思索，估计就下不了手了。

被漆成天蓝色的房门打开了。黄莹开门见到了左小龙，淡淡地道：你被放出来了？

左小龙说：是的，我放了。我我，我能……

黄莹说：你把你的摩托车停远一点，被别人看到不好。

左小龙连声说：好好，我这就去停，你等我。

黄莹道：你再敲门吧。

半个小时后，左小龙敲响了黄莹家的门。黄莹打开门道：怎么这么长时间？

左小龙喘气道：我把车停太远了，我一开车，随便一拧油门就开出去好远，我停了车跑回来才知道自己开了那么远，不过这下好，已经不会有人看见了。

黄莹笑出了声，把门开大，说：进来吧。

左小龙一听"进来吧"三个字，顿时血往两头涌。他突然发现自己起了生理反应，而且他穿了一条运动裤和宽松内裤，瞬间表露无遗。左小龙羞愧难当，妈的老子嘴巴还没表白，鸡巴先表白了。穿过客厅，左小龙来到黄莹的房间里，连忙找个地方坐下，拉了拉衣角遮盖，道：这个……有水么？

黄莹说：有，有很多水。

左小龙一听，大脑里的血液都翻涌了，结巴道：水……

黄莹说：我是唱歌的，我平时准备各种各样的饮料，要保护嗓子的，你要喝哪种？是润喉的还是降火的还是……

左小龙咽了一口口水，道：水就行了。

黄莹起身给左小龙倒上白开水。

黄莹的屋子里充满了香气，这香气和泥巴身上的不一样，泥巴身上的是少女的芳香，而黄莹屋子里的妖香是……

左小龙用力嗅着。

黄莹发现了左小龙的举动，说：不好意思，我怕蚊子，所以点了三个蚊香。我拿出去两个。

左小龙顿时嗅出来，的确是蚊香。透过窗户，左小龙隐约看见天色晚了下来，太阳花的红色被渐渐淹没。屋子里的色温让人发暖，那可真的是名副其实的色温啊。左小龙有点坐立不安，不知道说什么好。

黄莹问道：你来找我做什么？边问边拉扯着自己的衣服，说道，不好意思，我这衣服脱线了，我去换一件。

黄莹去了衣帽间，她在跨进衣帽间房门的最后一个动作是双手触到了自己衣服的下沿，想来下一秒就已经脱下了。不到十秒，黄莹就换好了一件短袖T恤出来。

左小龙不敢抬头看，盯着杯子里的水，喝了一口，道：我来谢你。

黄莹抚着头发笑道：谢我什么啊？

左小龙抬头看，黄莹正坐在侧逆光的床上，她坐的位置仿佛就是灯光师安排的，每一条光线都在爱抚她的面庞。屋子里有点闷热，可能是暴雨将至，在天黑前的最后一刹那，左小龙看见黄莹身后的窗户里，一只燕子低空飞过。远处响起了一声闷雷，真的是在远处，就像是有人跳进离开黄莹家几百米远的河里。屋子里两人都不知道说什么好，左小龙看着一米外的黄莹，呼吸都急促了，他不禁又喝了一口水。

黄莹笑着慢慢说道：你怎么那么渴，我再给你加点水……

说着黄莹起身，拿起水壶给左小龙面前小矮桌上的杯子添水。

左小龙看着杯子里的水缓缓涨上，不由自主地抬头看一眼，突然发现黄莹这身姿，T恤的领口就在自己眼前。左小龙连忙又低头看着杯子，看了半秒情不自禁又抬头看着黄莹。黄莹问：怎么了，你好像很不自在的样子，你是……

左小龙说：没什么，我这次来主要是想谢谢你。

黄莹把水壶放下，说：你已经说过了。

左小龙举起杯子，又一饮而尽，想暂时编不出什么话来，就等着看黄莹再倒水吧。

黄莹细声说道：你真是渴坏了……

黄莹站起身，再次拿起水壶，缓步走到左小龙的面前，左小龙双手握着杯子，暂时不敢抬头。黄莹把水壶轻轻放在左小龙的小矮桌上，道：看你这么渴，就把这个放在你这里吧，喝完了就自己倒点……

左小龙只得自己给自己满上，继续双手捂着杯子。

黄莹跷起二郎腿，脚背在自己另外一只腿的小腿上盘了半圈，撩了一下自己的头发，道：你这是冷啊？

左小龙挤出笑意，说：不，不是，水……喝起来方便。

黄莹没再问下去，左小龙慢慢闭上眼睛，他听到在很远的地方，几十公里之外，雨水已经落到了大地上，都是碎落的声音，他还听到人们打开伞的声音，这是属于这个夏天的最后一场夜雨，它将带走一切的焦炙。左小龙感觉到雨带正向着这间屋子移来，但是雨水正在减弱，就像海啸淹没城市那样，到了他那里，应该是柔柔雨丝。就在雕塑园方向，有一道无声的闪电落下，瞬间的耀眼权当是给黄莹的脸补光了。忽然间，代表夏天逝去的轰雷响起，第一滴雨水如愿地沾到了玻璃窗上。雷声的余音在大地里晃荡。

黄莹解开了一个扣子，道：这雨等了半天还没下下来。

左小龙默不作声，但感觉浑身的力量都在汇聚。

黄莹将窗户打开了一个缝，用一半气声一半真声说道：好热啊。

黄莹问道：你热么？

天边更响的雷声落地了。

这对左小龙而言就是战鼓，左小龙告诉自己，一鼓作气的时候到来了，他端起水杯，一饮而尽。他盯着黄莹，猛然起身，双手把黄莹推倒在床上，压在身下。黄莹迟疑了一秒，掐住左小龙的脖子，道：你要做什么……

左小龙没有说话，喘着气，依然牢牢盯着黄莹的脸庞，向下压去，黄莹不敢真用力掐，照这趋势如果手上不松点力气，左小龙就等于自己把自己掐死了。黄莹的手慢慢往下放，把脸侧过来，急促说道：你听我说，你听我说，你别这样，弟弟乖，姐姐知道你是在闹着玩，快松开，快……

黄莹将左小龙撑住自己肩的左手手腕握住，拉到了床上，这一拉，左小龙失去了支撑，彻底压在黄莹身上，压瓷实了以后，左小龙的手反而动不了了。两人贴着紧挨在一起，黄莹有些严厉地说：你喝水都能喝醉啊，你在想什么？你要干什么？

左小龙的肌肉开始重新聚集力量，他往旁边挣脱开黄莹的手，把黄莹侧在一边的脸扶正，对着她的眼睛，说道：我要霸王硬上弓。

说罢，他向黄莹的嘴唇吻去。

黄莹叹了一口气，在两人的嘴唇就快挨上的时候，黄莹说道：关键是，你是霸王么？

左小龙瞬间凝止了。

黄莹说道：你不是霸王，你也没有弓，你不会成功的。

左小龙说：今天由我……

黄莹说：别闹了，不可能的，你看看后面。

左小龙觉得自己恶魔附体，用从来都没有的冷笑对黄莹说：哼哼，少玩我了，我就看着你。

黄莹说：我没告诉你，我和我爸妈是住在一起的，你看后面。

左小龙忽然间脑袋一大，转身看后面，发现一对和蔼的中老年夫妇站在门前疑惑地看着他们。左小龙连忙松开手，连滚带爬从床上跳起来，站着不知所措地道：叔叔，阿姨……

黄莹从床上不慌不忙地坐起来，长发粘着汗水挂在嘴边。黄莹整理了一下头发，低头系了一个扣子，说道：爸，妈，你们回房间吧，这是我的男朋友，没事的。

老人们回了房间，敞开着房门。

左小龙羞愧难当，恨不得从刚才打开的那点窗缝里蒸发掉。黄莹说道：你这个白痴，你都看不出来我是和我爸妈住在一起啊？

左小龙道：对不起，我真的没注意，我以为，你这样的一个女孩子，一定是一个人住的……

黄莹起身道：对不起什么？我爸妈看见了对不起我爸妈啊？你对不起我，你说，我是怎样的一个女孩子？老娘到现在还是处女，老娘是要把第一次留给自己喜欢的人的，留给自己丈夫的，你差点坏了我的信仰，你别以为我爸妈不在你就能得逞，你再来一次我就揍死你。

左小龙在气势上完全被压倒，无话可说。雨水终于落了下来，洒落在院子里的每一朵太阳花上，这是它们死前最后的甘露。窗户很快被打湿，雨丝挂不住从窗户上往下滑落，打开的缝隙里透来秋天的海风。

黄莹整理完自己，看着又坐回小矮凳旁边，低头捧着水当酒喝的左小龙，说道：今天的事情，我们都忘记，我已经有喜欢的人了。说不定很多很多年后我会喜欢你。但我不喜欢今天的你。

左小龙问道：你喜欢什么样的我?

黄莹说：这不是什么样的你的问题，这是什么样的人的问题。我从小就喜欢成功的男人，是已经成功的男人哦，不是觉得自己能成功的男人。我喜欢他们的强大。你别想错了，我不喜欢他们的钱，他们的钱我可以一分不用，你觉得如果我喜欢从男人那里骗点钱，我这样的条件，还会和爸爸妈妈住，还会开小轻骑吗?我一直在等一个我喜欢的、儒雅的、有风度的、有想法的成功的男人，只要我喜欢他，无论以后发生什么，我都不离不弃，因为他战胜过这个世界。我现在有我喜欢的人了。

左小龙又喝了一口水，道：是不是那个开厂的路金波?

黄莹道：不是开厂，是做文化，是出版家。

左小龙不服气道：他就是一个书贩子，排毒污染亭林镇，这是文化吗?

黄莹笑道：你是被你的意气冲昏了头脑，我不和你说这些。他是我的男人，你该回去了。

左小龙起身，说：谢谢你，替我向你爸爸妈妈赔个不是。

黄莹收拾起水杯，道：不用赔不是，我是我的，不是我爸妈的，你向我赔个不是才是对的。我一直把你当一个傻乎乎的小弟弟，没想到，你比我想象的更……更……

黄莹一时想不出词。左小龙回头问道：更什么?

黄莹说：更傻。

左小龙走出了门口到屋檐下，黄莹叫住了他，黄莹倚着门，在路灯下只有一个剪影，她对左小龙说：你不应该留在这里，你应该去一个更广阔的世界，你看见的世界有多大，你的心就有多大。你是个好人，但现在你的心太小了。

左小龙问：你这话是单单对我说的？

黄莹莞尔一笑，道：是对所有的男人说的。

左小龙掏出摩托车钥匙，道：谢谢。他转身走进雨丝里，那感觉像几分钟前黄莹的头发划过他的脸庞。雨水已经积聚了起来，他的每一脚都溅出水花，街道上空无一人，清场一般把这个不知所云的时刻留给了他们两人。左小龙知道黄莹依然在背后看着他，他总觉得有什么话不曾说完，或者是今天一别以后，真的要衣锦还乡时才能相见。左小龙不再往前走，他转身走回去，面向黄莹，几欲开口。

黄莹说道：我没伞。

左小龙说：不，我想告诉你，我会回来的。还有，如果今天再来一次，我还是和刚才一样，我不会后悔的。

黄莹笑出声来，说：你回去吧，我的身体现在是预留给路先生的。如果你这么肯定的话，我想告诉你一万次，你不会得逞的。

左小龙说：你为什么比我还肯定？

黄莹说：因为我来例假了。

一道闪电落在视线尽头的地面上。

左小龙回到了雕塑园里，这里的杂草没有看出有衰败的迹象，但也不再有新的色彩，而且大片大片被人踩倒。他睡下，完成了一件心事，做了一个好梦，到起床已经是第二天的傍晚。秋日的晚霞照在他的皇后号摩托车上，左小龙拿出布，把摩托车擦干净，对大帅说：我要去外面的世界了。

当时大帅正在看左小龙屋子里的书，一本是泥巴送的《切·格瓦拉》，一本是左小龙自己买的《卡拉扬》。大帅道：好啊，你要去天马镇么？

左小龙坚毅地道：不，我要开摩托车环游中国。

大帅把《卡拉扬》折了一个角，狐疑地看着左小龙，看了一遍又一遍，道：去吧。

左小龙说道：等游遍中国，我会回到亭林镇，然后去找泥巴，然后……我没想好。我会不会是亭林镇上第一个开摩托车游遍中国的人？

大帅道：是，你还是亭林镇第一个问我这个问题的人，这没意思。

左小龙不屑道：等我回来你就知道有没有意思了。

大帅问：你什么时候出发？

左小龙说：随时。

左小龙收拾好行李，已经是半夜。其实他未曾想真正离开这个地方，只是觉得自己的确应该去看看外面的世界。外面的世界去一次大约需要五千公里，左小龙盘算着，他平均每小时八十公里，每天开十个小时，那一天就是八百公里，七八五十六，最理想的状态就是一个星期以后他就回来了。他在想，亭林镇将为此事而轰动。最艰难的状态是每小时十公里，每天开一个小时，那也只需要一年多就可以回到这里。左小龙经过了数学计算，对这个世界有点鄙视，虽然只是在一个国家，但世界其实不大，只要不停前行。

前行的起点就是318国道。

左小龙以自己的城市为起点，把通向全国三个方向的国道全部开完，因为他喜欢开摩托车。这对他来说是最好的办法。但他的目标永远不是国道的终点，而是回到国道的起点。本来左小龙要走的是320国道，但他突然发现318国道数字要比320小点，为了方便逐个击破，他决定先走318国道。318国道的终点是西藏的友谊桥，五千多公里也正符合左小龙的豪情壮志。如果给他一个一千公里的国道，此刻的他一定觉得当天就能来回。他找到了318国道的资料，上面写道：

318国道几乎就是沿着北纬30度线前行的。那些伟大的景观不是在道路的两旁，就是在道路的南北不出二百公里的范围内：长江口、钱塘江、西湖、太湖、黄山、庐山、鄱阳湖、洞庭湖、天柱山、神农架、三峡、张家界、武陵源、黄龙洞、峨眉山……这些是我们比较熟悉的景观，再向西，一些不为人们了解、在传统文化中也找不到的风景开始进入我们的视野，尤其过去人们无缘欣赏的雪山冰川开始频频出现：贡嘎山、海螺沟千米大冰瀑、折多山、雅拉雪山、稻城三大雪峰——仙乃日、央万勇与夏诺多吉、雀儿山……在这条线上，海拔七千多米的南迦巴瓦、加拉白垒出现了，再向西，世界八千米以上的十四座山峰中的四座——马卡鲁峰、卓奥友峰、珠穆朗玛峰、希夏邦马峰出现了，其中珠峰为地球上的最高点。还有无数的无名雪山和冰川在这条大道的两旁……

左小龙一晚上很兴奋，他觉得通过这件事，自己将与凡人区别开来，成为一个……自命不凡的人。当天晚上，他满脑子盘旋的都是318国道，泥巴和黄莹都被抛在了脑后，他终于理解难怪男人有了事业都顾不上女人了……当然，是顾不上熟悉的女人。

当晚，他就梦见自己和皇后号摩托车在318国道上疾驰，雪山在他身边掠过，他穿着短袖，完全不觉得冷，泥巴就坐在他的身后，左小龙问：为什么我不觉得冷？

泥巴告诉他：在海拔五千米的时候，你已经冷死了，现在是你的灵魂。

左小龙说：我的灵魂也能开摩托车，太好了。

早上，左小龙迷迷糊糊醒来，心潮还在澎湃，忍不住又去看了看摩托车。

他决定，当他从318国道回来，就去找泥巴，和这个女孩在一起，轻松惬意，海阔天空，不似见黄莹那么紧张。他自己都没弄明白自己的感情，既然如此，那就让它弄不明白。不一定什么事情都得弄明白，这应该是明白人最应该明白的道理。

新的一天到来，很久没有见到天空像伟哥一样蓝，这激发了左小龙的豪气。暴雨洗刷了一次亭林镇，新鲜迷醉的空气，是故乡给远行者最好的礼物。左小龙给自己的摩托车加满了汽油，他决定巡游亭林镇三圈。

左小龙将摩托车开得大声，路上行人吓断魂。他只恨自己不能大声说出自己的行踪，他想，大家总会知道的，这样的大事，经过人口传播，当天回来的时候，必定受到英雄般的夹道欢迎。

最后一圈的时候，左小龙突然发现有一只小狗一直在他的摩托车后面跑，左小龙觉得很奇怪，自己的摩托车难道长得很像一块肉吗。停车以后，他发现是一条杂种狗，看身上的毛，它也是被暴雨洗刷的对象。左小龙觉得可怜，从大包里拿出一点干粮撒在地上。他决心不耽误行程，直接拐上公路，向着318国道出发。他觉得这次的旅行只是探路，如果好，就让泥巴坐在车后面一起来；如果又好，说不定可以载上黄莹一起来。艰难险阻算得了什么，至少在今天的情况下算不了什么。

杂种狗也一直在后面跟着左小龙狂奔。左小龙想，路上有个伴也挺好的，等它跑累了可以把它搁在包里或者放在摩托车上，现在趁空气好，让它先锻炼锻炼。左小龙放慢了速度，小狗在后面吐着舌头追随。路人见状都说，看这开摩托车的犯事了，被狗追得紧。

左小龙从亭林镇的大牌坊下穿过，上下联依然是：

生是亭林镇的老百姓

死是亭林镇的小精灵

但是，横批改了，新的领导比较低调，他觉得“世界震惊”不好，太张扬。于是横批变成了“文艺复兴”。

刚拐出亭林镇，来到工业区，突然间天空里又传来直升机的声音，左小龙抬头一看，飞得好低的直升机啊，侧面还有人探出身子在拍东西。莫非这么快电视台就知道了他要去远行——不，远征，所以特地派出直升机来跟拍一段？

左小龙一想到就兴奋起来，放慢速度，在路上开起S形，几度差点碾死自己的狗。出了工业区，直升机突然拉高，在空中掉头，左小龙停下摩托车，和直升机上的人频频挥手告别。

开出一段后，左小龙看了看眼下的出发前清零的里程表，里程表上显示7，他已经开了七公里了，在五千四百公里的行程中，他已经开掉超过了千分之一的路程。他想，我的进度太快了，我要再开个五十公里，我就开掉百分之一，一下就过去了，318国道不就是一百个那么一下吗。左小龙想到这里情不自禁又放慢了速度，他想多感受一下风景，免得一眨眼就到友谊桥上了。

亭林镇的辖区很快就开出了，左小龙眼看小狗跑不动了，停下车喂了点水，一把抱起，放在油箱盖上，说：走。

天边云朵都汇集成了大块，夏秋交际的风吹在身上就像从浴缸里站起来的刹那。一切都那么美好，去向外面的世界不过如此。开了三十公里以后，左小龙决定穿越这个城市。在城市的边缘，左小龙看到人们都是骑着自行车，他想，他的西风皇后号一定很威风。在进入这个城市环线的一刹那，左小龙被交警截停了。

很快，清障车到了。

警察敬礼道：你好，你不知道这里是禁摩的吗？你的摩托车排量超标，手续不明，我们先要依法暂扣。

左小龙还未及解释，警察说道：你的狗有没有狗证？

左小龙摇摇头，问：什么是狗证？

警察道：你有没有身份证？人的身份证就像狗证嘛。

左小龙说：我们刚认识的。

警察道：刚认识它就坐你车上了？还显得那么亲热？

左小龙说：师傅，我和它真的是刚认识的，它就跟我了，你要的话，你就拿走。

警察边抄单子边说道：我要它干吗？

这时，流浪狗冲着警察大叫一声，吓得警察一个字没写好，他愤而道：暂扣暂扣，都暂扣。

左小龙哀求道：你就宽大处理我吧，我只是想从城里走，看看外面的世界而已，其实我是要去318国道上，我还得穿越318国道，没有摩托车，我就没有办法穿越……

警察打断道：谁让你穿越318国道的？

左小龙说：我自己要的，我的目的地是友谊桥。318国道是……

警察笑说：你别乱说话了，小心把你人也扣了。

左小龙从交警的事故停车场无精打采出来，他的摩托车因为没有手续而被暂扣。他和处理的民警谈了半天318国道，他表示甚为不解：你们都有警车，你们为什么不想着要穿越318国道？

警察只顾写，没搭理左小龙。

左小龙继续说道：我的摩托车是花钱买的。

警察说：你买的那是没有手续的摩托车，是走私车，走私车什么概念你知道么，就是没有给国家交过税的车，你都没给国家交税，你还想穿越国道？

他走到门口，都不忍心回头看自己的摩托车和一堆各种各样的摩托车停在一起。左小龙随便挑旁边那部抚了一下，拂去一层灰，发现原来那部不是灰色的，是红色的，足以见得停放时间之长。左小龙不知道有什么办法能把摩托车拿出来，在自己的西风皇后号前蹲了半天，摸摸这里摸摸那里，决心一定要把他的摩托车弄出来。有了上次爆缸的痛苦，这次的左小龙刚毅很多。当务之急就是回到亭林镇再说。

左小龙不想自己开着摩托车出发，结果牵着一条狗回来。在走出交巡警大队的停车场后，他看见街上车来车往，每个人都和他没有任何关系。他回头唤着一路跟随的流浪狗，突然发现连这个畜生都和停车场看门的大狼狗混成了一片，正滚在地上撒娇。

左小龙上前两步，唤道：走不走?

流浪狗看着左小龙，呆了两秒，继续和狼狗玩着。

左小龙说：我走了。

流浪狗摇摇尾巴，站起身欢送一步，回去又和大狗打闹。

左小龙走出十步，说：真走了。

狼狗冲着他吼了一声，他的流浪狗站在原地不知所措。

左小龙失望离开，其间忍不住回了两次头，但是发现狗都没有跟来。左小龙为了让自己宽心，安慰自己道：算了，算了，好歹找了个公务员。

回到了亭林镇上，左小龙都没敢走大路。他觉得有可能大帅已经将他要去穿越318国道环游中国这样的伟事传播了出去，居民翘首企盼，但如今不到半天就走着回来了，这要是没有一个新闻发布会，还真说不清楚。

左小龙低着头在镇上走，他也没想好下一步该如何。走了不少路，他发现原来没什么人在意这事。突然间，他听到后面叮叮当当一阵乱响，回头看是一辆自行车，挂满了彩条和横幅，挂着大大小小的包，在亭林镇上骑行。

左小龙不知道来者什么路数，下意识地靠了边，骑车者一副风餐露宿的模样，满脸都是思想者的胡子，眼窝深陷，眼神疲惫。

自行车后面的牌子上写着：单人自行车穿越318国道。

左小龙截停自行车，诧异道：你打算骑自行车去友谊桥?

那人用大舌头的普通话说道：不，我是从友谊桥骑过来的。

左小龙张大了嘴巴，不由得要重新打量这个人，但他的眼睛不能变焦，只得后退两步，看着他的全景。

左小龙问道：你骑了多久？

那人道：不记得了。

左小龙问：你怎么回去？

那人道：骑不回去了，骑不回去了。

左小龙道别此人。他又把横幅披在身上，上面写着：孤胆穿越318，西藏单车到亭林。他将横幅整理一下，务必每个字都要露出来，蹬上自行车又重新上路。左小龙目送他远去，旁边的大妈嘀咕：神经病哦。

左小龙白了大妈一眼。318国道在左小龙的心中无比重要，因为有一件事情终于具体了起来。左小龙心情郁闷，但又不好意思和任何人说。他决定远眺318国道一眼，把摩托车拿出来以后继续远行。左小龙觉得要不是中途自己给自己出了一个馊主意，非要去大都市里，现在他早就已经快到四川了。

全亭林最高的屋顶是电信大楼。很多小地方的最高建筑永远是中国电信，可能盖得高可以让人感觉信号覆盖得好。左小龙爬上电信大楼的顶楼平台，这里的风明显要比街上大，整个亭林镇都在自己的脚下。

可惜这里看不到318国道，视线远方的景物都在工业迷雾里。脚下是最繁华的一个路口，这里有着很多餐厅，两边是两个大超市，超市门口的两边都是随意停放的汽车和摩托车，交通一到这里就堵住，但是镇上强调不能治理，因为这样显得繁华。

在左边，是一条老街，左小龙经常打台球的地方就在那里，那里的房子都破落了，黄莹也住在那边，但是在高处反而不能看见她的太阳花，也闻不到她暧昧的香味。

往上走就是一条老河。那里的江南巷道还不能通过汽车。本来这里有很多的河流，把这个镇子分割了开来，一夜之间说要破旧立新，河流们都被填上，盖了新村和商店，但一夜之间又说要发展古镇旅游，又挖了几条小河。挖开了以后说河水污染，不利于镇上的交通，又给填上了。最近新任的领导们经过了细致的调查和研究，得出一个重大的结论，那就是亭林镇的发展一直不顺利，是因为亭林镇的镇区里缺水，外围的河流把亭林镇围住了，四周河流的水汽导致怨气不散运气不畅，解决的办法还是在亭林镇里重新开一条穿过的河流，这样风水就顺了。

经过研究，亭林镇之所以会出现全部官员都被电死的事情，就是因为这种围城格局导致。怨气每积蓄二十年，就要夺走多人性命，这次就一次性夺走了几十人的性命。

往右边，大片的老房子正在拆除，这里要建设一个新镇。就像看着大儿子不争气，只能再生一个。但问题是一个妈生的，基因也好不到哪去。新镇的建设初具规模，政府定下的是英伦风格，但是按照现在的雏形来看，似乎是乱伦风格。

再远处，视线能触摸到的最后，就是一大片绿色，那就是雕塑园。但是离开得太远，伸出手去，指尖都已经比整个雕塑园大，没有任何的雕塑能在电信大楼上被看见，眼里只有野蛮的绿色和周围文明的现代工厂。

左小龙坐在平台的角上发呆，他突然想到，下楼以后要去找泥巴，既然泥巴能抱着他嚎啕大哭，没有理由不能反过来。但是，他怎么去找泥巴呢？左小龙突然想到自己都没有泥巴任何的联系方式，只有最原始的在她家楼下拧油门。问题是现在一时没油门可拧。唯一的办法就是去问大帅借用一下摩托车了，虽然发动机声音有差别，但至少能碰碰运气，虽然宿主不一样，但内燃机工作原理是一样的。就好比你去宠物店大叫一声“宝宝”，总会有叫“宝宝”的狗跟你跑。

如果泥巴下楼了，左小龙决定把自己的318计划告诉泥巴，并且带上泥巴走。左小龙想，她一定愿意，哪怕众叛亲离，出动警力。

在雕塑园和亭林镇的中间，红色的楼是消防队。肯定是哪里又出了什么状况，一辆消防车从车库里开了出来，拉着警笛，向亭林镇的方向驶来。消防车开得很着急，看来事情可能不小，左小龙一下提升了兴致，从发呆中醒来，他要看看消防车究竟是开到什么地方去。对他来说，烧了哪里都成，只要别烧到泥巴家和黄莹家就行了。

消防车绕到正前方的牌坊后面，穿过了拥堵的超市门口，继续往前开。左小龙想，看来出事的就是不远处。他站起身来，望向四周，视线中没有任何地方在冒烟，就是感觉自己脚底下有点喧哗。

他低头一看，吓了一跳，电信大楼门前的街上聚集了几千个群众，黑压压都是人头。大家都往上看着，指指点点。

左小龙想，莫非是飞碟悬在自己脑门上了。他抬头一看，还是阴霾的天空。或者是楼下出什么事了？左小龙又往前一步，想看看门口的究竟。

随着左小龙的移动，人群一片哗然，声浪快要掀倒左小龙。

一个大妈在下面大声喊道：小伙子，有什么想不通的，也别跳下来啊。

左小龙终于弄明白了，原来下面的人是要看跳楼的。

左小龙大喊道：误会，误会……

但下面已经乱成了一锅粥，完全听不到左小龙的话。

此时，消防车也已经到位，大喇叭里喊道：你好，小伙子，我是亭林镇消防支队的队长。小伙子，你不要想不通，什么事情都好说啊。你有什么难处，党和政府一定会想办法帮你解决的。

左小龙想，我的难处就是我没想跳楼啊。

越来越多的人闻讯后往电信大楼的方向跑去，警戒线完全不起作用，很快被大家踩在脚下。电信大楼在镇中心，它的四面都能站人，很快，正面的街上已经站不下人了，正值工厂下班，外地人也纷纷停下自行车驻足观望。左小龙四下看了看，发现每条街道的行人都以自己为中心聚拢过来。

对面居民住宅的阳台上也站满了人，有的人家索性把饭桌抬到了阳台上，边吃饭边看。

很快两部警车到了。左小龙不知所措，对着楼下挥了挥手。

观众们一下神经紧张起来，纷纷说：他要跳了，他要跳了，他在和这个世界道别。

挥手完毕后，左小龙往后退了一步。

观众惊呼：有助跑！

左小龙转身要下楼，一回头，他发现有一个警员绑着绳索已经在他后面三米处，他们互相照面时都被对方惊着了，警员还保持着猫腰前行的姿势。左小龙下意识后退了一步，下面的人炸开了，交流道：本来以为是自由跳或者是蛙跳，现在看，原来是仰跳。

警官立马站了起来，神色紧张，连连摆手，道：别别别，小伙子，我是上来和你谈谈的。

左小龙问：谈什么？

警官往前走了一小步，道：你看，小伙子，你和我应该是差不多的岁数吧，你多大了？属什么的啊？

左小龙说：你别来劝我，我不需要别人劝。

警官一听，觉得比较棘手，道：我不是来劝你的，我是来和你说说话，谈谈心。人都是需要朋友的嘛，咱们不打不相识。烟要不要？

说着，警官往前走了两步，手往兜里掏烟。

左小龙下意识又退了一步，道：你别过来。

突然间，左小龙意识到，这是电视剧看多了的条件反射。再往后退自己就真的掉下去了，他不由得往前走了一步。

警官连忙把烟掏出来，先给自己点上一支压压惊，道：你怕什么，我把烟丢给你，成不。

左小龙说：成。

警官飞过去一支烟，左小龙伸手去接，无奈几十米高的露台上风大，烟在空中被吹得变向了，左小龙差点一个踉跄掉下去。底下的观众看不到天台上发生什么情况，只见空中掉下来一支烟，议论道：完了，已经开始往外扔身外之物了，发完烟以后该撒钱了。

一听到要撒钱，等得有点不耐烦的群众又精神了，继续仰头看天。

天台上的警官吸了几口烟，说：风太大了，要不，我给你送过来。

左小龙道：不用了，我也不抽烟。

警官道：抽两口呗，平时在单位里不让抽，今天我一上来就能随便抽了，真挺爽的。你叫什么名字啊？

左小龙道：左小龙。

警官说：小左啊，你有什么事情，觉得为难，你告诉我，我们警察说不定就能帮到你。别寻死啊，你这一跳，你的父母，你的爹妈——哦，不好意思，父母就是爹妈——你的亲人怎么弄？没解决的事情还是该解决啊。年轻人一时冲动很正常，我和你讲个故事，我上学的时候啊，失恋了，谈了四年的恋爱，女朋友跟别人跑了，她说啊，我人太好了，她就喜欢坏坏的那种男人。我他妈就把这话记住了，后来我就当了警察，我专门去抓坏人，再让你坏坏的、坏坏的，狗娘养的。那时候啊，我那个难受啊，真是万念俱灰，觉得日子也没什么盼头了，我还割过腕啊。但是没弄死自己。现在想想真是傻，我去年刚娶的老婆，漂亮，贤惠，懂事，现在还有孩子了，真是爽死了。要不是要挽救你，我现在就在家里吃饭呢。我也挽救不了你，你自己想明白了就好。你别不信，我给你看看我的左手手腕，我真割过，给你看……

说罢，警员挽起自己左手的袖子，又往前走几步。

左小龙说道：阿SIR，你真能说，但是你听我说。

警员止步，道：你说说你的故事，我听着。

左小龙摇摇头，道：我是真的不想跳啊。

警员首肯道：没有人真的想跳的，都是没有办法了，被逼上了绝路，我相信，但是天无绝人之路，我们一起来想办法。

左小龙眼看越描越黑，道：其实是这样的，我在这个屋顶上，我只是想看看这个亭林镇，看看这个世界……

警员道：我理解，我理解你对亭林镇的恋恋不舍，你还想看这个世界一眼。其实，这个世界是很美好的，只要你能找到，以后你就是我哥们，我把我的经验分享给你。

左小龙着急道：我从来没想过要自杀。

警员道：是啊，我以前也从来没想过，但我真那么做了，只要你能和我下楼，过几天，你就会觉得生活下去其实很有乐趣，实在不成你再来跳就行了，谁也不能拦着你去死，但我觉得，还不至于。

左小龙看还是没说清楚，心里越发着急，他生怕警官扑上来将自己擒住，然后道：小样，编故事编死我了。左小龙有点进退两难。

观众里一个大妈又喊了一声：娃啊，你替你爹妈想想啊。

因为楼下太喧嚣，这话没传到左小龙的耳朵里。但旁边的青年人听着有点不乐意，有人喊道：跳下来，赶紧跳啊，咱们都看了一个小时了，脖子都酸了，肚子都饿了，你玩我们呢。

周围的年轻人表示赞同，表示，如果不跳，那就是孬种了，这么多人看着呢。

于是，口号渐渐形成了，不少人喊道：跳下来，跳下来，跳下来……

人群里不少人对喊口号的刮目相看，上前去捂嘴，喊口号的道：神经病啊，我喊喊怎么了。

有人急得跺脚，道：不能这么喊啊，会出人命的。

喊口号的停口几秒，道：他自己本身就不要人命了，关我们什么事情？我想喊什么就喊什么，这是我的自由，这是我的人权。

人群里开始发生争斗，警方焦头烂额，只恨疏散不了。大喇叭喊道：楼上的年轻人请镇定，无关人员离场，无关人员离场。

警方宣传以后，口号声一下子小了不少。但大家发现，警察就那么十几个，咱喊口号的有几千人呢，有青年振臂疾呼道：喊起来！为了自由和人权！

喊起来！

底下有人响应道。

“跳下来”的呼声重新响起，响彻亭林镇。整个亭林镇只有两个时刻人们发出过这样整齐的声音，另外一次也是三个字，就是波波印刷厂开业时候的“郭敬明”。

警车拉响了警笛，警察融进人群，但是人们丝毫没有停下的意思，另外一半人都在旁边指责喊口号的，但无奈他们不能形成一个口号，而且劝阻完全无效。警察的大喇叭撕心裂肺喊道：谁再喊就逮捕谁，谁再喊就逮捕谁……

这声音除了在警车里的司机，没人能听见了。“跳下来”的声音经过几千人的合唱，变得无比雄厚，男低音、男中音、男高音、女低音、女中音、女高音和童声部，左小龙站在天台上，突然间有点晕乎，脚底下好大的一个合唱团啊。

左小龙看看自己正下方，消防队员已经充起了一个大气垫。

方才在劝阻左小龙的警员跑到楼边上，不断向楼下的人挥手，叫道：别喊，别喊了，别喊了……

楼下推搡的人群里开始议论起来：咦，怎么又来一个跳楼的。

派出所所长找到了消防队队长，大声喊道：我请你们用高压水枪驱散人群，用高压水枪驱散人群。

消防队队长贴着所长的耳朵嚷道：不行的，会伤人的，弄不好还会冲死人。

所长爬到消防车上，看着狂热的人群，年轻人在振臂高呼，有外地的，有本地的，还有学生，旁边看着的姑娘们被人潮推来推去，人们都没有经历过这个场面，在挤来挤去的过程里始终保持着好奇的笑容。有人不住地把狂热者的手臂压下来，指着他们的鼻子骂，但是很快被推开了，还有人伸出了两个拳头，边笑边喊，招呼着自己的朋友给自己拍下照片。但更多人还是很专心看着楼顶上，用尽全力一字一顿呐喊：跳下来。

一些没有叫喊的人私底下议论着，大家这么团结也是有原因的，现在社会，时间就是金钱，大家的生活节奏很快，大家都赶着去吃晚饭，下班回家，又很疲劳，虽然没有收门票，但幕拉开了，戏迟迟不演也是不对的。虽然这戏没有返场的机会，但只要演一回，就对丰富群众的生活、开拓群众的眼界有着重大的意义。

左小龙看着四周，都是群众的呼声。他站在最高点，更加为难。如果他此时退场，以后他在这个地方，再也无脸见人，如果他跳下去，那就无命见人，真是特别矛盾。此时的夕阳打着光，映照在楼下的每一张笑脸上。天边最后一朵云合上的时候，给太阳留了一道光束，这道光束正好射在左小龙的身上，他觉得自己就像舞台上开演唱会的明星，史上最大合唱团的指挥——虽然是被别人指挥着，像一个站在千军万马说不清楚到底是敌军还是友军面前的英雄。所有人都在期盼着他做一件事情，那就是跳下来，左小龙满脑子盘旋的都是这个声音，魔咒一样回荡。

但左小龙丝毫不曾想过要告别这个世界，他正打算要看看这世界，怎能不看而别。所以，再迷离，左小龙还是清楚自己是不能跳死的。他看旁边刚才正抽烟的警察，跪倒在天台边上依然不断对人挥手，也不知道他在做什么，这些看上去都像慢放一般，楼下的每张脸也突然间好像能看清楚了，人家都充满期盼地看着他，眼神复杂，最后面的人吃着零食，端着饭碗，时不时谈笑风生，远方还有警车开来，站在消防车车顶上的两人——所长，所长左小龙认识，另外一个就是新面孔了，他们正对着电台大声呼喊，看嘴型似乎是，这里需要增援。虽然在电信的大楼下，但是这里的手机网络已经瘫痪了，人们都掏出电话在找信号，他们发现，信号是满的但是打不出电话了。应该是太多人在用电话，招呼他们的朋友过来观赏，还有人在……报警。人群里没有他熟悉的面孔，说明自己认识的人太少了。消防队员们围在气垫的几个角上，准备时刻挪换地方。突然间，他看见一个戴眼镜的男青年，将自己手边的汽水瓶子砸向电信大楼，更多人正准备掏出自己身边不值钱能扔的东西，消防车上的所长抽出了手枪上了膛，缓缓举起以便鸣枪示警……

左小龙突然想到了，他站了起来，人群突然安静了，每张脸都望向他。突然间，在寂静里，他听到不知道哪里传出来一声：哥们，开玩笑的。

左小龙对着楼下，喊道：我不开玩笑。

说罢，他对着人群鞠了一躬，面向刚才喊得最凶的方向，起身轻轻说道：你们这帮人啊……

左小龙从楼上跳了下来，人群情不自禁往后退了几步。左小龙瞄准了气垫的方向，不想在楼上蹬的那一脚发力发多了，他总是用力过猛，再加上这个高度，在空中他感觉自己要错过气垫了。左小龙不禁叫道：……喂，喂喂……

“咚”一声闷响，人群里没人再出声。警察们连忙跑过去，拔出枪，围起警戒带，在一旁等候的护士和医生们抬着担架冲上前去。人们自动让出了一条道，人们的狂热情绪一下熄灭，不少人偷偷从旁边溜走。无数的脑袋凑向左小龙，要看个究竟。

左小龙迷迷糊糊里只看见屋顶上和自己聊天的警员的脑袋。左小龙也不知道自己到底是掉在地上还是掉在气垫上，反正此刻他觉得世界好矮，但胸口很闷，能呼吸上来，但不知道还能呼吸几口，每口呼吸都需要用点力气，而且嘴巴里黏糊糊的，然后他就什么都不知道了。

左小龙落到了垫子的边缘又弹到了地上，脑出血，肋骨骨折。而且因为在空中发声，落地的时候把自己的舌头给咬断了，再不能把话说清楚。他醒来第一件事情就是叫医生，但他只能说：哇哇。然后他问空气，怎么回事，但他只能听见：哇哇哇哇。

医生说：你的舌头被你自己咬掉了，你要重新学说人话。

左小龙记得自己最后说的一句人话是：你们这帮人啊……

你们这帮人啊……

从医院跑出来，左小龙觉得自己走路稍微有点不平衡，但没有摩托车可以再让他开。他忘记自己昏迷了几天。但他想起自己的摩托车还被暂扣在别处，至于是哪处，他就不记得了，他记忆里有些东西被抽空了。但这样的抽空是最痛苦的，索性让左小龙不记得摩托车被扣这件事才是最人道的。

街道上神色各异的人已经没有人记得左小龙这位跳楼英雄，但是他明显感觉街上的人少了很多，很多人戴着墨镜，行动缓慢，需要搀扶。

左小龙不愿意去找泥巴。在他昏迷的时间里，他做了一个长梦，梦里的内容就是他开着摩托车，泥巴在背后抱着他，头靠在他肩膀上，他们在无边无际的迷雾里穿行。但是左小龙有点搞不清楚，在现实生活里是否真的有这么一个姑娘，他自己都有些迷糊。

他先找到了刘必芒。

刘必芒守在他的家里，反复听着邓丽君的歌。生活全靠他老婆教说本地话维持。他和刘必芒见面，两人什么都做不了，一个不能看一个不能说，一切宛如初见，只能当谁都没见过谁。刘必芒不知道左小龙来过，左小龙离开时，正放到《在水一方》，刘必芒张嘴跟着唱和道：

我愿逆流而上
依偎在她身旁
无奈前有险滩
道路又远又长
我愿顺流而下
找寻她的方向
无奈前有险滩
道路曲折无已

左小龙回到了雕塑园，秋风吹过，他突然觉得寒冷。雕塑园里的植物和他离开的时候已经是完全不同的模样，植物的顶端处长了绒毛，飞絮在空气里飞舞。雕塑园门口聚集着几台推土机和挖掘机，一群带对讲机的人正在指手画脚。他飞奔进园里，大帅没有在那里。但左小龙发现他的摩托车锁在他偷回来的邮筒旁边，摩托车上都是灰尘，邮筒已经被人修好。左小龙撬开邮筒，里面有两封信。

第一封信是黄莹的，信上写道：

你好，我离开这里，去上海了。我的男人出事了，他出版了他的作者的一本小说，小说里写了一些不该写的东西。但这本书出事了。他被带走一个星期了，我不知道他什么时候能够出来，我决定去打听他的消息。等他出来，我们就住在一起了，可能他明天就能出来，可能他十年以后才能出来，这都不要紧的，我老的时候他也在老，但他在一个最让女人放心的地方待着。无论多久我都会等着他。也许我不会回到这里。也许这信就像他给别人出版的那本小说，是不应该写的。我只是告诉你一声。

第二封信是泥巴写的，信纸上偌大的比卡丘图案瞪着眼睛看着左小龙：

我离开这里了。我们在一起的时间里，你从来没有问过我的身世。现在我告诉你，我的父亲，是这里上一任的书记，他死了。我不愿意和他一个姓，所以我跟了我妈妈姓。他死后，审计出一些问题，我们的账号全部被封了。我和妈妈的生活很艰难，妈妈决定离开这里回到她的家乡。我很伤心，妈妈趁我不在的时候把我们的龙猫卖给了外国人，这笔钱是我们母女唯一的钱，但这是你送给我唯一的礼物，我哭了很久。

从来都是我跟你走的。我一直不知道你在哪里游荡，为什么不来找我。但是后来，我就一直能找到你了，因为你躺在医院里不能动了。我每天都来看你。医生说你会醒的，我就离开了。

其实，在和你之前我有一个男朋友，你认识他，你的摩托车就是在他那里修的，我们在他的店门口靠了一夜。因为他，我才喜欢摩托车。不过我们早就分手了，我今天只是想把我的事说给你听，你从来都不问的。

我们的摩托车我帮你赎回来了。你看见它的时候应该已经落满了灰。我想，你可以开着它，来找我。

左小龙发动摩托车，天色将黑。他看了信上的日期，已经是一个多月以前，而那个日期，与他踏上318国道那天相隔两个月。摩托车的灯光在雕塑园里划出唯一的光明，远处的机器正在卖力地将自由女神像砸碎，几辆重型卡车在一旁等候着陆续将雕塑的残骸运出去。这里终于也要变成工厂了。左小龙跨上摩托车，往雕塑园外飞驰而去，各种重型推土机正在往雕塑园的深处缓缓开进，路边时不时窜出野兔子，在左小龙的车灯前掠过。

左小龙决定，环游亭林镇一圈，然后道别。虽然只穿一件衬衫，但左小龙积蓄了太多时间的能量，他不觉得寒冷。亭林镇不再像以往那么热闹。

所有食用过变异大动物的人，在三个月后，全都失明了。

左小龙经过亭林镇溜冰场，里面传来整齐的歌声，亭林镇迎接新年的歌唱大赛又要开始了，亭林镇合唱团在那里训练。左小龙将摩托车停在铁门口，进去看了一眼。合唱团的规模只有上届的一半，他们正在唱着《亭林颂》，背对着左小龙在指挥的人身形似曾相识。左小龙绕到旁边偷看一眼，是大帅。他做得有模有样。左小龙笑笑想，也对，为什么非得去创建一个乐队来指挥，而不是去一个创建好的乐队当指挥呢。

左小龙对亭林镇没有了任何留恋，他穿过工业区，突然发现那里新增添了一个大屏幕，几个工人正在那里看亭林镇的宣传片。屏幕在黑夜里格外耀眼，它的功能只有一个，不断地播放亭林镇的宣传片。突然间，左小龙看见了自己。在一个航拍工业区的镜头里，一个人开着摩托车不断地摇晃。

旁边的工人说，这个骑着摩托车晃来晃去的人出现在这个镜头里真不和谐，电视台应该把他用特技修掉。

天色已经完全黑了。左小龙去往泥巴留下的地址。前路不知道有多漫长曲折，但只要摩托车有灯光，就无所畏惧。穿过工业区，路灯映照下橘色的雾气又包裹住了大地。左小龙加快了速度。突然间，后面有一个光点，逐渐追近。

左小龙想，不能吧，我是在雾里开摩托车最快的，难道还能有人更加不要命。左小龙又加快了速度，他觉得雾气都被他骑过时候的风吹成了露水，掉落大地。但是光芒越追越近，左小龙的额头渗出了汗水。

左小龙心想，妈的，老子一定要甩了你。

前方的能见度已经接近了零，左小龙索性闭上眼睛，油门到底，心里默数了十秒，这十秒里，他无比平静。他觉得世界上没有任何人可以再追上他。

等他睁开眼睛，那灯光已经在他的身后了。

左小龙感叹道，这个人啊……

他慢慢停下车，后面的灯光也在后面慢了下来。

左小龙的手扶着摩托车，此时的雾太大了，如果多走几步，甚至都找不到自己的摩托车在哪里。但是他想去拜会一下在后面跟他飙车的朋友。他是在雾里开盲车唯一能追上左小龙的人。

左小龙心想，不是人啊。

忽然间，灯光熄灭了。等光芒再亮起的时候，已经在左小龙的身旁了。这是亭林镇剩下的最后一个变异的大动物。

萤火虫忽然升起，围绕着左小龙转了几圈，落到了摩托车的尾灯上。左小龙把萤火虫捧了起来，用气声对它说：你跟我走，去找泥巴，我帮你把龙猫找回来。

萤火虫的光芒熄灭又亮起。左小龙伏在它的光芒边上，轻轻说：

你能发光，应该飞在我的前面。

（全文完）

韩寒

1982年9月23日出生

作家、赛车手、导演

小说、散文作品总销量超2000万，被翻译成十余种语言在全球出版

作品：

小说

《三重门》《像少年啦飞驰》《长安乱》《一座城池》

《光荣日》《他的国》《1988：我想和这个世界谈谈》

散文

《零下一度》《就这么漂来漂去》《我所理解的生活》

杂文

《通稿二零零三》《杂的文》《可爱的洪水猛兽》《青春》

主编：

《独唱团》

《很高兴见到你》《去你家玩好吗》《想得美》

《不散的宴席》《在这复杂世界里》《和喜欢的一切在一起》

《我们从未陌生过》《可以不可以》

电影：

《后会无期》《乘风破浪》

赛车：

中国职业赛车史上唯一场地与拉力双冠军

扫一扫

来跟韩老师“寒暄”一下

他的国

产品经理 | 贺彦军　　责任印制 | 路军飞

产品统筹 | 陈　曦　　出 品 人 | 吴　畏

图书在版编目（CIP）数据

他的国 / 韩寒著. -- 天津 : 天津人民出版社,
2017.12（2018.3重印）
ISBN 978-7-201-12617-3

Ⅰ. ①他… Ⅱ. ①韩… Ⅲ. ①长篇小说—中国—当代
Ⅳ. ①I247.5

中国版本图书馆CIP数据核字(2017)第283993号

他的国
TA DE GUO

出　　版　天津人民出版社
出 版 人　黄　沛
地　　址　天津市和平区西康路35号康岳大厦
邮政编码　300051
邮购电话　022-23332469
网　　址　http://www.tjrmcbs.com
电子信箱　tjrmcbs@126.com

责任编辑　金晓芸
产品经理　贺彦军

制版印刷　山东鸿君杰文化发展有限公司
经　　销　新华书店
发　　行　果麦文化传媒股份有限公司
开　　本　880 × 1230毫米　1/32
印　　张　5.75
印　　数　8, 671-16, 670
字　　数　112千字
版次印次　2017年12月第1版　2018年3月第3次印刷
定　　价　39.00元
